À L'ENCRE DES SECRETS

MONTGOMERY INK

CARRIE ANN RYAN

À L'ENCRE DES SECRETS

Une romance Montgomery Ink
Carrie Ann Ryan

À l'encre des secrets
Une novella Montgomery Ink
par Carrie Ann Ryan
© 2013 Carrie Ann Ryan
eBook ISBN: 978-1-943123-17-9
Print ISBN: 978-1-943123-18-6

Traduit de l'anglais par Alexia Vaz pour Valentin Translation

Ceci est une œuvre de fiction. Les noms, les lieux, les personnages et les incidents sont le produit de l'imagination de l'auteur et sont fictifs. Toute ressemblance avec des personnes réelles, existantes ou ayant existé, des événements ou des organismes serait une pure coïncidence.

À L'ENCRE DES SECRETS

Hailey Monroe sait que le monde n'est pas toujours juste, mais elle s'est déjà relevée de ses cendres autrefois, et s'il le faut, elle le refera. Ça fait des années qu'elle a repéré le tatoueur renfrogné qui fait battre son cœur, mais elle a enfin trouvé le courage de l'aborder. Seulement, il ne s'agit pas de ce que leur avenir pourrait être, mais des cicatrices du passé qui doivent encore guérir.

Sloane Gordon a vécu le pire des enfers, mais la tentation que sa voisine représente est d'un tout autre niveau. Il a gardé ses distances parce qu'il sait quel genre d'homme il est, aux antipodes de ce dont Hailey a besoin. Quand elle vient lui faire une proposition qui met son esprit à terre et son âme en mille morceaux, il fera tout ce qui est en son pouvoir pour protéger la femme qui lui tient à cœur et les secrets qu'il est contraint de garder.

CHAPITRE 1

HAILEY MONROE se mord la lèvre, ferme les yeux et gémit. D'une voix forte. Oh, dieux et déesses c'était... divin. Stupéfiant. Historique. Digne d'un orgasme.

C'était le meilleur cheese-cake au brownie qu'elle avait jamais préparé de sa vie.

Elle avait peut-être cuisiné des tartes, des gâteaux, des cakes, des biscuits, des muffins, des biscottis et d'autres décadences par le passé. Néanmoins, à ce moment même, avec ce beau cheese-cake au brownie alléchant, elle savait qu'elle ne réussirait plus jamais un délice pareil.

Après cette idée déprimante, elle mangea le dernier morceau de sa gourmandise et fronça les sourcils.

Sérieusement ? C'était l'apogée de sa vie, la splendeur qu'elle avait espéré atteindre se trouvait dans une pâtisserie.

Un cheese-cake envoyé des cieux, cela dit, mais un cheese-cake tout de même.

Elle essuya rapidement les miettes perdues qui partirent dans l'évier, et elle se lava les mains. C'était assez perturbant de découvrir que dans ses vingt-sept ans d'existence, son plus grand succès de cuisinière était *ça*. La plupart des gens penseraient que trouver un remède pour le rhume, peindre quelque chose qui réaffirmait la beauté et la vie pour d'autres personnes, ou construire des maisons pour les pauvres serait digne d'un paroxysme. Au lieu de ça, Hailey avait un dessert. Ce cheese-cake au brownie divin.

Cela n'aidait probablement pas son esprit qu'elle continue d'appeler ce satané truc un gâteau céleste, envoyé par les dieux. Ce n'était qu'une pâtisserie qui s'effritait quand on la prenait trop brusquement, comme toutes les autres. Il serait entièrement consommé et oublié dans l'instant suivant, sans qu'on n'entende plus jamais parler de lui.

Au moins, Hailey était plus forte que ça. Certains jours.

Elle fit craquer ses articulations, grimaçant à

cause de la douleur qui était un effet secondaire *merveilleux* des cachets et médicaments qu'elle avait introduit dans son système au fil des ans. Elle fit ensuite rouler son cou. Aujourd'hui, c'était une nouvelle journée, une nouvelle aventure. Elle se répétait le même mantra tous les matins.

Hailey était la propriétaire et la gérante de *Taboo*, un café-pâtisserie dans le centre-ville de Denver. Elle avait un emplacement rêvé juste après le 16 de la rue Mall et le quartier d'affaires. Pendant les heures de pointe, des hommes et des femmes en costumes, tailleurs et vêtements impeccablement repassés, la suppliaient de leur servir des cafés accompagnés de quelque chose de doux et de délicieux. Aucun être sain d'esprit ne pouvait dire non à Hailey et à ses gâteaux si elle tentait de les convaincre.

Dans sa boutique, elle préparait à manger pour ceux qui étaient pressés d'aller à une réunion, ceux qui travaillaient sur un dossier très important, mais pas seulement. Des familles arrivaient en fin d'après-midi ou lors des journées sans école, avec les enfants. Son chocolat chaud et ses cookies se vendaient rapidement quand le froid de Denver tombait pendant les vacances scolaires.

Des gens de toutes formes et de toutes tailles

s'aventuraient dans son commerce et elle adorait ça. Il n'y avait jamais un moment de calme. Même lorsqu'elle ne recevait qu'un ou deux clients, ils étaient les *siens*. Après avoir pensé qu'elle ne verrait jamais la fin de sa vingtaine, elle abandonnait derrière elle ces mauvaises années et possédait sa propre entreprise. Elle était une gardienne, une femme d'affaires, une pâtissière... une survivante.

Elle se pinça les lèvres après ce dernier mot.

Une survivante.

Si elle continuait de se le répéter, qu'elle laissait les articles de journaux et les sites Internet quelconques lui affirmer la même chose, alors un jour, elle le croirait peut-être. Cependant, elle détestait ce terme et tout ce qu'il impliquait. Elle s'était battue et avait gagné, mais à quel prix ?

Hailey secoua la tête. Pas le temps pour ce genre de pensées si tôt d'une matinée de février. Aujourd'hui, elle devait s'assurer d'être digne de la concurrence des chaînes de café autour d'elle, comme l'immense Starbucks à deux pâtés de maisons, de chaque côté de *Taboo*. Sérieusement, à Denver, il y avait un Starbucks à chaque coin de rue, et quand ce n'était pas le cas, il y avait un *Caribou Coffee* ou autre chose de ce genre. Ce n'était pas comme si elle gagnerait un jour autant d'argent qu'eux, mais elle s'en sortait bien. Son but n'était pas de devenir millionnaire ou de transformer son minuscule magasin en grande chaîne. Elle voulait juste *vivre*.

C'était tout ce qu'elle avait toujours souhaité.

Alors elle s'était battue à sa petite échelle, pour s'assurer que sa boutique serait prête pour la prochaine fête : la Saint-Valentin qui arrivait bientôt. En fait, le calendrier sur son téléphone avait affiché février à minuit. Ses biscuits glacés et ses cupcakes auraient des cœurs et du rose partout. Ce matin, elle installerait ses meilleures décorations de la Saint-Valentin. Elle n'en faisait pas trop et n'était pas non plus niaise, enfin juste assez pour que le rose lui rappelle le bonheur et l'amour, pas comme cette même couleur qui apparaissait au mois d'octobre, telle une évocation macabre.

Bon sang. Deuxième fois de la matinée. Elle devait arrêter d'être déprimée par le passé et envisager l'avenir avec le même émerveillement que quand elle était une adolescente aux yeux écarquillés. Ses os douloureux et ses muscles avaient besoin de bonheur.

Hailey fit rouler ses épaules en arrière et termina sa préparation du matin. Elle y était depuis quatre heures. Les horaires des pâtissiers étaient horribles, mais elle ne devait pas se réveiller aussi tôt que d'autres, elle le savait. Sa boutique ouvrait à six heures et il était presque l'heure maintenant. Deux personnes travaillaient pour elle, mais Hailey était celle qui pâtissait et cuisinait le plus. Les autres étaient à la caisse et servaient quand ils étaient là. Ils aidaient également à faire les sandwichs et les paninis en fonction de la vente spéciale du jour, et ils réchauffaient les soupes. Hailey s'assurait qu'on ne s'ennuie jamais chez *Taboo*.

La porte entre sa boutique et celle d'à côté s'ouvrit, et Callie posa une main sur son ventre.

— Je sens le café, dit-elle.

Elle entra, ses cheveux noirs méchés de rouge brillaient ce matin. En fait, la femme en elle-même scintillait. Ses tatouages ressortaient sur sa peau d'un brun clair, et elle sourit comme si elle avait les meilleures nouvelles du monde.

Étant donné que Callie était enceinte de six semaines, Hailey se disait que c'était le cas.

— Tu m'as fait vraiment peur, déclara Hailey en se frottant le ventre à nouveau.

Elle se souvint de l'époque où elle caressait l'espace au-dessus de son cœur quand elle était nerveuse ou qu'elle flippait, mais c'était terminé depuis longtemps.

Callie grimaça et mordit sa lèvre d'un rouge rubis profond.

— Pardon. Je suis venue à *Montgomery Ink* plus tôt pour travailler sur un croquis et j'avais besoin d'un café.

Hailey fronça les sourcils et alla vers la cafetière qu'elle avait allumée un peu avant.

— Je ne te donne que du décaféiné. Je ne veux pas que ton mari sexy, avec ces cheveux poivre et sel me grogne dessus. Même si tu aimes ça quand il te gronde, parce que cela se finit en fessée et en orgasme, ce n'est pas mon cas.

Callie bouda.

— D'accord. Du décaféiné. Peut-être que je peux faire croire à mon corps que c'est du vrai pour bien me réveiller.

Hailey haussa les sourcils quand Callie passa d'un pied sur l'autre.

— Chérie, si tu te réveilles encore un peu plus, tu vas faire une peur bleue à Maya et Austin quand ils entreront dans la boutique.

Callie leva les yeux au ciel avant d'observer *Taboo* du coin de l'œil.

— Oh, j'aime quand tu décores pour la nouvelle saison et les fêtes. Tu sais le faire sans qu'il y ait du papier crépon et des cœurs qui pendent du plafond.

Hailey commença à préparer le déca et retint un bâillement. Peut-être qu'elle-même avait besoin de caféine. En soupirant, elle se servit une tasse de café normal et ajouta du lait, de la crème fouettée et des copeaux de chocolat. Ce n'était peut-être pas un expresso puisqu'elle n'avait pas envie de s'embêter à le préparer, mais elle pouvait toujours s'amuser avec les garnitures.

— Le papier crépon et les cœurs qui pendent ne me dérangent pas, dit Hailey.

Elle commença à s'occuper du déca de Callie avec un peu de caramel et la crème fouettée. Le sucre aiderait Callie à croire qu'elle en buvait un « normal ». En plus, tout ce qu'Hailey servait était fait à base de produits naturels, donc il n'y aurait aucun produit chimique menaçant le bébé.

Callie prit la tasse qu'on lui offrait en souriant.

— Mon précieux.

Hailey leva les yeux au ciel.

— D'accord, Gollum. Bois. Et assieds-toi, tu veux bien ? Tu es bien trop nerveuse ce matin et pourtant, tu veux de la caféine. Qu'est-ce qui t'arrive ?

Callie s'assit et lécha sa crème fouettée.

— Je suis juste contente, tu vois ? À cette époque, il y a deux ans, je commençais tout juste à travailler pour Austin et les autres à Montgomery. Austin et

Maya m'ont laissé ma chance. M'ont laissé faire mes croquis. Maintenant, je tatoue pour gagner ma vie. En plus, mon Morgan était ma première œuvre d'art en solo une fois qu'Austin m'a donné une promotion et m'a fait passer d'apprenti à artiste accomplie. Non seulement j'ai tatoué le meilleur phénix du monde, parce qu'*oh, mon Dieu*, tu as vu son dos ? Oh que oui, c'est le meilleur. Mais je suis aussi tombée amoureuse de lui. Et il m'aime en retour, même si nous avons clairement une différence d'âge. Je parle beaucoup trop. À présent, on est marié et on a un bébé ! C'est irréel.

Callie lui lança un grand sourire, son regard brillant.

— Parfois, j'ai l'impression de ne pas le mériter. Comme si un jour, j'allais me réveiller et que tout ne serait qu'un rêve. Je recommencerais à faire quatre boulots pour payer le loyer de ma maison délabrée. Et Morgan ne serait pas à mes côtés chaque matin. Il est mon tout et pourtant, il me montre comment être *plus* que ça, de temps à autre.

Les larmes remplirent les yeux de Callie et Hailey lui tendit rapidement plusieurs serviettes en papier. Son cœur était douloureux, pour une curieuse raison, alors qu'il aurait dû n'être qu'heureux pour son amie. Callie et elle n'avaient pas beaucoup d'écart en termes d'âge, pourtant elles avaient pris des chemins si différents que parfois, Hailey avait l'impression d'avoir des années de plus que sa complice. Toutes les deux, ainsi que Miranda (la cadette d'Austin et Maya) étaient les plus jeunes de ce groupe qui traînait ensemble. Les Montgomery et leur cercle d'amis allaient de la vingtaine jusqu'au début de la quarantaine, et la plupart du temps, la différence d'âge n'avait aucune importance. Bon sang, Morgan entamait la quarantaine et allait avoir un bébé avec Callie.

L'âge n'était qu'un nombre.

C'était le cœur et l'expérience d'une personne qui faisait tout fonctionner.

Hailey n'avait pas d'âme sœur, elle n'avait pas cette personne qui l'aiderait à trouver la meilleure version d'elle-même. Elle n'avait qu'elle-même et son envie de continuer. Cela devait compter pour quelque chose. Et elle ne serait *pas* jalouse de Callie.

Ce n'était pas parce que son amie avait rencontré l'homme avec qui elle était censée être et que celui-ci ressentait la même chose que cela n'arriverait pas à Hailey.

Bien sûr, elle avait l'impression d'avoir déjà rencontré cet homme, mais là n'était pas la question. Il ne voulait pas d'elle, donc ce n'était que du passé.

Ce qui importait pour l'instant, c'était Callie et ses larmes, et non ce qui passait dans l'esprit d'Hailey.

Elle rejeta ses pensées d'hommes sexy qui ne voulaient pas d'elle et contourna le comptoir pour mettre un bras autour de Callie.

— Chérie, qu'est-ce qui ne va pas ?

— Je suis heureuse, hoqueta Callie. Oh, mon Dieu, je n'en suis qu'à mon premier trimestre et les hormones me montent à la tête. Comment est-ce possible ? Je croyais que les larmes et les changements d'humeur ne venaient qu'au troisième trimestre, et juste après l'arrivée du bébé.

Hailey embrassa le crâne assombri par les cheveux de Callie et soupira.

— J'imagine que tout le monde est différent. Je n'ai jamais été enceinte avant, donc je ne sais pas. Tu peux demander à Sierra ou à Meghan, par contre.

Sierra était la femme d'Austin et Meghan, sa sœur. Les deux femmes faisaient également partie du cercle d'amis d'Hailey et Callie.

— Elles ont déjà traversé tout ça. Deux fois pour Meghan, en fait. Et qui sait, étant donné que Luc et elle essaient, elle pourrait retomber enceinte à n'importe quel moment et n'avoir que quelques mois de retard sur toi.

— Ce serait sympa, répondit Callie en reniflant.

Elle s'essuya le visage avec les serviettes en papier qu'Hailey lui avait données et soupira.

— C'est fou. Je suis venu ici parce que je t'aime et parce que, allô, vive le café. Et maintenant, je chiale.

— Bienvenue dans la vie de femme enceinte.

Hailey ne parlait peut-être pas par expérience, néanmoins les traitements qu'elle avait subis par le passé causaient des fluctuations hormonales similaires. Une minute, elle était heureuse, souriant à tout le monde, la suivante, elle sanglotait de façon incontrôlable avant de se mettre dans une rage comme elle n'en avait jamais connue. Les médicaments étaient peut-être techniquement extérieurs à son système, mais si elle ne faisait pas attention, parfois, elle subissait encore ces changements d'humeur.

Hailey avait gardé le secret sur son passé et son précédent diagnostic, donc elle ne pouvait en parler à Callie. Elle ignorait pourquoi elle ne l'en avait jamais informé auparavant. Enfin, elle le savait un peu. Une fois qu'elle prononçait le mot *cancer*, elle serait coincée avec cette étiquette pour le reste de sa vie.

Elle ne serait plus Hailey, la femme avec la coupe au carré blond-platine et les lèvres rouges.

Elle ne serait plus Hailey, gérante de café et femme d'affaires.

Elle ne serait plus Hailey, la femme aux secrets qui avait un lien avec l'homme de la boutique d'à côté, dont personne ne parlait, mais dont tout le monde connaissait l'existence.

Elle deviendrait Hailey, la survivante d'un cancer du sein.

Hailey, qui n'était pas entière.

Hailey, qui n'était pas *une femme* à part entière.

Elle se mit mentalement une claque. Cela faisait longtemps, maintenant, et elle se sentait toujours ainsi ? Cela faisait des années que les opérations et les traitements étaient terminés. Elle n'avait plus de cancer. Suffisamment de temps s'était écoulé pour qu'on dise qu'elle était *guérie* et non pas seulement en rémission.

Hailey n'était pas la même femme qu'auparavant, mais honnêtement, qui restait identique après avoir dépassé la vingtaine ?

Elle devait repousser cette idée et s'inquiéter de Callie pour le moment. Un jour, bientôt, elle parlerait de son cancer aux filles. Elle ne les connaissait pas à l'époque où elle était malade, mais garder un tel secret lui pesait. En plus, elle voulait s'assurer que ses proches prennent soin d'elles. Elle était jeune, lorsqu'elle avait été diagnostiquée, bien trop jeune pour ce type de maladie, et pourtant, elle avait dû traverser tout ce qui venait avec. Elle ne souhaitait pas que ses amies affrontent les mêmes épreuves.

Personne ne méritait ça.

— Je suis heureuse, répéta Callie.

Cette fois-ci, les larmes disparurent de ses yeux.

— Et Morgan va flipper quand il va découvrir que j'ai pleuré aujourd'hui. Parce que même si tu ne dis rien, il le saura. Il est aussi doué que ça.

Hailey embrassa son amie sur la joue et laissa échapper un rire.

— C'est parce qu'il t'aime.

Oh, être aimée ainsi. Sans condition. Savoir que quelqu'un pouvait lire profondément en elle et connaître chacune de ses émotions, prendre le temps et s'inquiéter suffisamment pour la bercer dans de beaux sentiments...

Hailey était jalouse, effectivement, mais ça n'avait pas d'importance. Callie méritait tout ça et même plus.

Tous ses amis le méritaient.

— Il m'aime, n'est-ce pas ? demanda Callie avec un sourire. D'accord, maintenant que je t'ai extorqué un café et que j'ai pleuré sur ton épaule, je vais retourner à la boutique, comme j'ai dit que je le ferais.

Elle soupira.

— Une autre raison pour laquelle je suis venue tôt, c'est que Morgan avait un rendez-vous super tôt. Il devait appeler quelqu'un dans un autre fuseau horaire. Je déteste être seule à la maison. Alors merci d'être toi-même et de me laisser déblatérer. Les garçons et Maya devraient arriver plus tard. Je te les enverrai puisque ce cheese-cake au brownie est à mourir.

Hailey sourit.

— Il *est* absolument incroyable. Je l'ai goûté ce matin. À des fins professionnelles, bien sûr.

— Comment gardes-tu tes courbes de pin-up des années cinquante tout en mangeant tes douceurs ? Ça me dépasse.

Hailey ricana.

— Il faut beaucoup de yoga et de course pour rester en forme comme je le suis, merci bien. Et tu fais la largeur d'une de mes cuisses, alors ferme-la.

Callie leva les yeux au ciel, puis repartit à *Montgomery Ink*. Hailey aimait le fait qu'il y ait une porte entre les deux boutiques. Lorsqu'elle avait ouvert son café quatre ans plus tôt, elle avait été intimidée par les hommes d'à côté, tatoués, barbus et taciturnes. Et puis il y avait Maya.

La tatoueuse et deuxième fille des Montgomery qui était une force qu'il ne fallait pas sous-estimer, tout en tatouages, en piercings et en insolence. Donc, bien sûr, Hailey et elle étaient immédiatement devenues amies. Contrairement à ce qu'elle ressentait à l'idée d'être la voisine de personnes qu'elle ne comprenait pas vraiment au début, elle était tombée amoureuse de leur connexion, de leur comportement, de leur sens de la famille. Ils étaient bruyants quand ils le voulaient, discrets et respectueux à d'autres moments. Ils faisaient la fête lorsqu'ils en avaient envie et se réunissaient en petits comités d'autres fois. Ils étaient peut-être un peu rustres et bourrus, mais elle n'avait pas peur lorsqu'elle était avec eux. D'autres étaient peut-être des crétins et jugeaient les Montgomery pour leurs tatouages (eh oui, pour leur bizarrerie), mais Hailey avait trouvé ses âmes sœurs. Sa famille.

Elle n'en avait pas, donc cela fut agréable d'être adoptée dans la leur, d'être accueillie à bras ouverts. Même si la porte entre les boutiques était présente avant qu'elle achète le local, les Montgomery ne l'avaient pas utilisée avec la propriétaire précédente, une vieille femme collet monté qui n'avait pas le temps pour les tatouages et les petits voyous.

Sérieusement. C'était ce qu'elle avait dit.

Maintenant, la porte n'était jamais verrouillée, et les Montgomery ainsi que leur équipe pouvaient venir et repartir de *Taboo* quand ils avaient envie de nourriture et de caféine. Hailey allait souvent les voir, également, avec des plateaux de friandises et parfois, les mains vides, juste pour observer leurs belles œuvres d'art.

Elle était toujours une toile blanche, mais elle savait qu'un jour, elle voudrait un tatouage à elle.

Un jour, elle serait assez courageuse pour en demander un.

Ce n'était pas du dessin dont elle avait peur ni des aiguilles. Mon Dieu, elle en avait vu assez dans sa vie à cause de la chimiothérapie, des radiations ainsi que des innombrables tests et traitements.

Non, elle avait peur de la personne qui ferait son tatouage.

Bien que Maya, Austin et Callie se plieraient en quatre pour la tatouer et l'aider à passer outre sa nervosité, elle ne voulait pas qu'ils le fassent. Elle avait quelqu'un d'autre en tête.

Quelqu'un à qui elle avait peur de parler, par crainte de ce qui sortirait de sa bouche.

Quelqu'un qui ne s'intéressait pas à elle comme elle s'intéressait à lui.

Le portable d'Hailey vibra et elle soupira. Aujourd'hui était une journée pour les pensées mélancoliques, apparemment. Elle coupa l'alarme du minuteur, puis alla vers la porte du café pour mettre la pancarte *Ouvert* et la déverrouiller. Deux de ses clients réguliers, des hommes en costume-cravate, qui avaient la courtoisie de mettre leur téléphone dans leur poche avant de rentrer dans la boutique, lui sourirent.

— Bonjour, messieurs, les salua-t-elle en souriant. Comme d'habitude ?

— Vous le savez bien, répondit le premier.

— Bien sûr, ajouta le second.

Elle leur lança un grand sourire, puis repartit vers son plan de travail pour aller chercher leurs boissons et leurs pâtisseries. Bientôt, son employée serait là pour s'occuper de la caisse, donc elle ne serait pas seule. Le froid mordant de la matinée s'infiltrait dans le café à chaque fois que la porte s'ouvrait et se refermait. Alors qu'elle travaillait rapidement, elle savait qu'aujourd'hui serait une bonne journée.

Tous les jours où elle pouvait faire ce qu'elle appréciait était encore mieux que la veille.

Lorsque Corrine arriva et s'occupa de la caisse, Hailey vibrait déjà grâce à l'adrénaline du rush du matin. Il n'y avait rien de tel que de gagner un salaire en faisant ce qu'on aimait. Le cheese-cake au brownie eut un énorme succès et la première fournée qu'elle avait placée en vitrine fut rapidement vendue. Normalement, elle l'aurait gardée pour la foule de l'après-midi afin que les clients du matin prennent leur bagel et autres délices du petit-déjeuner, mais elle n'avait pas le cœur à les laisser dans l'arrière-boutique. Elle n'en avait pas la volonté non plus.

Elle aurait tout mangé et aurait gagné tout le poids sur lequel Callie avait plaisanté. Être allongée sur le sol, dans un coma après un trop-plein de sucre, n'était pas la meilleure façon de gérer une pâtisserie.

La matinée passa rapidement et bientôt, Hailey se retrouva bercée par l'ambiance. Après avoir parlé à Corrine, elle prépara un plateau de gourmandises et de gobelets à emporter, chacun préparé individuellement pour quelqu'un de spécial. Elle n'était pas sûre de savoir qui travaillait aujourd'hui à *Montgomery Ink*, mais elle savait qu'au moins les employés principaux seraient là et elle était habituée à leur choix de boisson. Même si elle en préparait plus, rien ne serait gâché. Austin et Maya s'en assureraient.

Hailey se fraya un chemin vers la porte et retint un soupir en entendant le bruit des aiguilles en train de vibrer et les voix profondes de ceux qui parlaient. Elle aimait *Montgomery Ink*. Cela faisait partie de son chez-elle.

— Caféine ! Je veux te faire des bébés. Je peux avoir tes bébés, sexy mama ? demanda Maya en prenant son café entre ses mains ainsi que sa part de cheese-cake.

Hailey ricana.

— C'est à moi que tu t'adresses, ou au café ?

Maya cligna des yeux devant elle, son piercing à l'arcade luisant sous les lumières.

— Oui.

Hailey se contenta de secouer la tête et tendit sa boisson à Austin, qui déposa un baiser sur sa joue. La barbe de celui-ci la démangea et une nouvelle fois, elle eut envie de s'agenouiller devant Sierra par jalousie. Sérieusement, cet homme était canon. Tous les Montgomery l'étaient.

Bientôt, elle se retrouva avec une seule boisson sur son plateau, ainsi qu'une seule pâtisserie à la crème et aux cerises.

Sa préférée.

Derrière le poste de travail de Maya s'en trouvait un autre.

Celui de Sloane Gordon.

Du haut de son mètre quatre-vingt-quinze, avec ses quatre-vingt-dix kilos de muscles couverts de tatouage, il y avait une peau foncée parfaitement accentuée par ses dessins. Cet homme était un être sexuel. Purement sexuel. Sloane s'était rasé le crâne des années plus tôt. Elle était convaincue qu'il continuait de le faire juste pour l'exciter. Il gardait sa barbe taillée, mais ça ainsi que la tête rasée créait un nouveau fantasme chez elle.

Qui aurait pu le croire ?

Il avait dix ans de plus qu'Hailey et même s'il ne pouvait en parler, elle savait qu'il avait traversé la guerre, des batailles et un cœur brisé.

Et elle l'aimait.

Toutefois, il ne la *voyait* pas. Il ne faisait jamais un seul pas vers elle. Il donnait aussi l'impression qu'il allait grogner en sa présence, la plupart du temps.

Comme il le faisait maintenant.

— Je croyais que tu m'avais oublié, déclara-t-il d'une voix basse et rauque.

Elle secoua la tête puis releva le menton.

— Non, ta part est ici.

Après lui avoir tendu sa boisson et sa pâtisserie, en faisant attention de ne pas effleurer ses doigts, elle baissa les yeux vers son client qui était en train de se faire tatouer le dos.

Si Sloane avait l'air dangereux et endurci par la guerre, son client avait l'air plus gentil, mais pas plus doux pour autant. Ses cheveux étaient plus longs au-dessus et retombaient sur son front, ainsi que sur ses paupières, mais les côtés avaient été rasés de prêt. Il avait une barbe courte et un sourire qui se dessinait facilement sur ses lèvres. Ses yeux verts brillaient, et Hailey ne pouvait que lui sourire en retour.

— Salut, toi, dit-il d'une voix traînante.

Oh, mon Dieu. Un accent du Sud, qui allonge les syllabes, mais pas trop. Si elle n'avait pas été en présence de l'homme que son corps et son âme avaient choisi pour elle, ses genoux auraient pu faiblir en l'entendant.

— Salut, répondit-elle.

Elle avait bien conscience que Sloane lui lançait des éclairs.

— Comment tu t'appelles ? demanda l'inconnu. Moi, c'est Brody.

— Salut, Brody. Je suis Hailey. Je suis propriétaire de *Taboo*, juste à côté.

Son sourire s'élargit, montrant un soupçon de fossettes.

— Je suis passé devant à plusieurs reprises, mais désormais, je sais que je dois y entrer.

Elle secoua la tête et rit.

— Je vois. Tu as senti mes pâtisseries et maintenant, tu veux venir.

— Ce ne sont pas tes pâtisseries qui m'ont donné envie de venir.

Que faisait-elle ? Flirter avec un autre homme devant Sloane ? Et pourquoi cela lui importait-il ? Il n'était pas à elle. Il ne le serait jamais. Elle n'aurait jamais Sloane Gordon dans sa vie, il n'y aurait pas plus que quelques mots courtois et des grognements en guise de remerciements. Elle était jeune, en bonne santé et *en vie*. Elle devrait être capable de flirter à chaque fois qu'elle en avait envie.

Déterminée à ne pas regarder Sloane, ou à remarquer à quel point c'était devenu silencieux dans *Montgomery Ink*, elle inclina la tête et posa une main sur sa hanche.

— Vraiment ? demanda-t-elle.

— Vraiment. Et si je venais après mon tatouage ? J'ai besoin de sucre pour tenir le coup.

Elle rit et rejeta la tête en arrière.

— Oh, mon beau, c'était une réplique terrible, mais tu es le bienvenu si tu veux venir. Je vais te donner un peu de... sucre.

Elle fit un clin d'œil, puis se tourna vers la porte, balançant particulièrement des hanches en partant.

Elle ne pourrait peut-être pas avoir l'homme qu'elle voulait, mais elle pouvait tout de même être *libre*.

Elle n'était pas la même femme qu'elle avait été avant que son cancer détruise son corps et son âme, mais elle était toujours Hailey Monroe.

Forte.

Vivante.

Et horriblement célibataire.

Peut-être qu'il était temps de faire quelque chose pour y remédier. Sloane ou pas Sloane.

CHAPITRE 2

SLOANE GORDON s'obligea à enlever le pied de la pédale et, prudemment, oh si prudemment, posa le pistolet de tatouage sur le plan de travail. Mutiler de façon permanente ce petit con dans sa chaise n'était pas bon pour le business. En plus, il n'avait pas envie d'aller en prison pour avoir blessé cette maigre merde. Sloane ressemblait déjà à quelqu'un qui avait passé plusieurs années derrière les barreaux, même si ce n'était pas le cas. Il n'avait pas besoin de perpétuer cette image.

Néanmoins, l'homme devant lui était à *ça* de se faire botter le cul.

Bon sang, mais qui mettait ses cheveux ainsi ? Ce gamin donnait l'impression qu'il sortait tout droit d'un boysband et qu'il devrait sauter sur une scène pendant que des adolescentes criaient son nom. Bien sûr, Brody devait avoir l'âge d'Hailey, environ, et il était un peu plus musclé que les gosses qui chantaient leur amour perdu et leur dévouement éternel à leurs fans, mais c'était le principe.

Aucun homme ne devrait draguer une femme sur son lieu de travail. Surtout pas quand cette femme était Hailey Monroe.

La Hailey de Sloane.

Seulement, elle n'était pas à lui. Contrairement à la croyance populaire, il n'avait jamais fréquenté Hailey, même s'il l'avait envisagé. Souvent. Il ne l'avait jamais tenue dans ses bras, il n'avait jamais pris son visage en coupe et n'avait pas senti la douceur de sa peau. Bon sang, elle devait être douce. Elle en avait l'air. Douce, chaude et parfaite.

Hailey Monroe n'était pas à Sloane et il devait se contrôler.

Ils avaient tous les deux une connexion depuis la première fois qu'ils s'étaient vus, mais il n'avait jamais prétendu l'avoir. Non pas qu'elle était à lui d'une quelconque façon, mais il était resté à l'écart. Il savait qu'elle n'était pas pour lui, ou plutôt, qu'*il* n'était pas pour *elle*. Alors il avait fait la meilleure chose possible et avait gardé ses distances.

Cela ne signifiait pas qu'il était d'accord pour

qu'un autre mec avec trop de gel dans les cheveux la drague. Bien sûr, Sloane avait remarqué qu'Hailey avait flirté en retour. Elle avait même suffisamment balancé les hanches en repartant pour montrer à tout le monde qu'elle avait conscience d'être observée.

C'était quoi ce délire ?

Lors des quelques années pendant lesquelles ils s'étaient tournés autour sans jamais se rapprocher, il ne l'avait pas vu une seule fois aller en rencard, il ne l'avait pas vu flirter avec un homme au-delà d'un clin d'œil ou deux. Ces clins d'œil n'étaient qu'un trait de sa personnalité, il le savait. Mais il voulait qu'ils soient tous pour lui.

Il était un salaud égoïste et ne souhaitait pas qu'elle flirte avec Brody. Il n'avait pas envie de la voir avec un autre mec, point, surtout pas un qu'elle draguait devant lui.

Qu'est-ce que cela faisait de Sloane ?

Il la voulait, mais il ne pouvait pas être avec elle, alors il n'avait pas envie que d'autres soient avec elle non plus.

Il n'était pas sûr d'aimer cet homme qu'il était, mais bon sang, il ne pouvait s'empêcher d'être comme ça. Il pouvait dire qu'il avait toujours été ainsi, mais ce serait un mensonge. Il n'avait jamais agi de cette façon quand un mec tournait autour d'Hailey. Néanmoins, elle n'avait jamais flirté en retour non plus. Bien sûr, Griffin avait plaisanté avec elle et elle avait souri, par le passé, mais il n'avait jamais franchi la ligne. Maintenant, celui-ci était avec Autumn et n'était plus une inquiétude pour Hailey.

Une règle tacite disait qu'Hailey était à *lui*. Il devait découvrir ce qu'il allait faire à ce propos. Il savait qu'il n'avait pas le droit de faire quoi que ce soit, mais ça ne l'empêchait pas de rêver, de se poser des questions.

Il leva les yeux de ses mains et regarda Austin Montgomery. Son patron haussa les sourcils et eut l'air inquiet. Sloane ne pouvait lui en vouloir. *Il* n'était pas sûr de ce qu'il était censé faire. Ce n'était pas la faute de Brody s'il avait mis un pied dans ce que même Sloane ne comprenait pas. Cela ne signifiait pas que le vétéran irait doucement avec le gamin.

Sloane et Hailey dansaient en quelque sorte tous les deux, depuis le premier jour. Ils se rapprochaient légèrement, parfois, mais l'un ou l'autre reculait. Ils parlaient de tout et de rien à la fois. Elle lui gardait toujours les meilleurs biscuits et s'assurait qu'il mange, qu'on prenne soin de lui quoi qu'il arrive. Il faisait toujours en sorte qu'elle soit en sécurité, ne la laissant jamais repartir seule pour rejoindre sa voiture sur le parking. Lors des sorties entre amis, quand ils étaient dans un grand groupe, ils restaient généralement assis l'un à côté de l'autre. Ils ne se touchaient jamais, mais ils s'assuraient toujours d'être près l'un de l'autre.

Leurs amis savaient qu'il y avait *quelque chose* entre Hailey et lui. Bon sang, les mecs et Maya se moquaient fréquemment de lui. Ce n'était pas comme si Sloane ne comptait jamais faire le premier pas. Il voulait juste être sûr que ce soit le bon moment pour le faire.

Il cligna des yeux. Bon sang, cette idée était nouvelle. Apparemment, il *allait* faire le premier pas. Il était à peine dans cet état d'esprit la plupart du temps, et il était encore moins au bon moment de sa vie pour être avec Hailey. Il avait avancé lentement, ne souhaitant pas l'effrayer et ne pas se briser en même temps. Parce que lorsqu'il ferait le premier pas, si cela arrivait un jour, il n'y aurait pas de retour en arrière possible. Il voulait être son tout, comme elle l'était déjà pour lui. Son corps et son âme seraient à elle, et il s'assurerait de lui donner ce qu'il pouvait. Il n'y avait pas de mi-chemin quand il s'agissait de la possession de son cœur, de son âme. Néanmoins, une certaine noirceur devrait lui rester et ne serait qu'à lui.

Jusqu'à ce qu'il puisse être certain que cette obscurité en lui ne touchait pas Hailey, il devait se retenir. Il avait su qu'il jouait avec le feu en attendant, en la regardant pendant des années sans rien faire de plus. Mais elle se l'était également défendue. Elle avait su que ce n'était pas encore le bon moment.

Ou peut-être qu'il avait tort ? Peut-être qu'il avait tout gâché et qu'il s'apprêtait à tout perdre. Face à quelqu'un qui avait l'âge d'Hailey, quelqu'un qui la faisait rire et lui mettait une étincelle dans les yeux.

Sloane voulait être l'homme qui le ferait rejeter la tête en arrière et rire ainsi. Il voulait être toutes ces choses et même plus. Mais il ne le pouvait pas. Pas encore. Ce n'était pas le moment, et maintenant, peut-être que ça ne le serait jamais.

Nom de Dieu, sa tête tournait encore à force de réfléchir. Il avait envie d'elle. Il la voulait douloureusement, mais il n'était pas assez bien pour elle. Il ne serait jamais pur pour elle. Un jour, peut-être, il devrait la laisser partir. Il devrait se rendre compte qu'il n'était pas un être lumineux, étant plutôt digne d'obscurité, mais il était tout de même *à elle*. Et cela devrait être suffisant.

Sloane n'était peut-être pas assez bien pour Hailey, mais bon sang, personne ne l'était. Ce Brody, avec ses cheveux tenus par trop de gel, était vraiment loin de l'homme dont elle avait besoin.

— On fait une pause ? demanda Brody en regardant par-dessus son épaule. Tout va bien là-haut ?

Maya s'éclaircit la gorge, et Sloane s'obligea à détourner le regard de Brody pour observer l'autre poste de travail. Sa patronne et amie se pinça les lèvres, le surprenant. Il aurait cru que Maya aurait un trait d'esprit sarcastique ou quelque chose à dire sur ce qu'il s'était passé. Même Callie se trouvait à côté de Maya, les yeux écarquillés et un peu stupéfaite. Il n'en voulait pas à la jeune femme. Depuis le temps qu'il la connaissait, elle essayait de découvrir pourquoi il ne sortait pas avec Hailey.

Comment était-il censé leur dire qu'il ne méritait pas la bombe blonde avec ses propres secrets ? S'il était avec elle, il noircirait la beauté de son âme et son sourire exquis. C'était ce qu'il faisait. Il amenait des ombres et rongeait les autres de l'intérieur, pourrissant les entrailles de quelqu'un à cause de ce qu'il avait fait, ce qu'il avait vu.

Néanmoins, il était un salaud égoïste. Il le savait. Sloane avait conscience qu'il était peut-être temps pour lui de s'imposer et de faire quelque chose à propos de ce qu'il cachait depuis des années. Toutefois, pour se faire, il avait besoin d'être sûr que la jeune femme le connaissait.

— Merde, marmonna Brody dans sa barbe. Je suis allé trop loin, c'est ça ?

Le jeune homme se tourna délicatement dans sa chaise et grimaça.

— Je ne savais pas qu'elle était à toi, mec. J'ai juste vu une jolie fille sans bague au doigt et je pensais qu'elle était libre. Je suis désolé. J'ignorais qu'elle était prise.

Sloane soupira, sa rage envers ce gamin diminuant légèrement, même s'il s'apitoyait encore davantage sur lui-même. Adorable.

— Elle n'est pas...

Brody secoua la tête.

— Si, elle l'est. J'ai vu la façon dont tu la regardais et je sais que tu es à deux doigts de m'arracher la tête. Alors peut-être qu'officiellement, tu ne sors pas avec elle, mais je suis allé trop loin. Je vais aller la voir et tout retirer. Je partirais bien comme ça, mais ça ne serait pas juste et je ne veux pas lui faire de mal. Tu vois ?

Il haussa les épaules.

— Si tu ne veux pas finir mon tatouage, je le comprends.

Sloane était conscient que les autres le regardaient fixement, attendant qu'il confirme ou qu'il nie cette soi-disant relation avec Hailey. Ils attendaient qu'il dise quelque chose. N'importe quoi.

— Je ne vais pas gâcher ton tatouage, gamin.

Brody haussa les sourcils.

— Je sais que je prends un risque en disant ça, mais je ne suis pas beaucoup plus jeune que toi. Pas besoin de m'appeler gamin.

Maya marmonna quelque chose dans sa barbe à propos des idiots insolents tandis qu'Austin grognait.

— Tu es en train de me demander de te mettre un coup de poing, hein ? gronda Sloane.

Sa voix était alors rauque et profonde. Même si, en réalité, sa voix était toujours rauque et profonde.

— Pas vraiment. Je me suis juste dit que si tu *m*'appelais gamin et qu'Hailey avait environ le même âge que moi, alors peut-être tu devrais *l*'appeler gamine aussi.

— Nom de Dieu, jura Austin.

Il toussa tout en émettant ce qui ressemblait étrangement à un gloussement.

— Et si tu te taisais et que tu me laissais finir ton tatouage ? demanda Sloane d'un air détendu.

Pourtant, il était tout sauf détendu.

— Ensuite, tu peux sortir de là et on dira que tout est réglé.

Brody soupira et se retourna pour que Sloane puisse travailler sur les dernières ombres de son tatouage.

— Peu importe, Sloane. Mais je dois dire, si Hailey me souriait comme ça, peut-être que tu devrais en faire plus et prendre les devants avec elle. Parce que si tu dis que tu n'es pas avec elle, mais que tu agis comme si personne d'autre ne pouvait l'être, alors ça pourrait te causer des problèmes. Je dis ça comme ça.

— Brody, pour l'amour de Dieu, arrête de parler, cracha Maya. Il a un pistolet à tatouage à quelques centimètres de ta peau. Tu veux vraiment l'énerver.

— Il ne va pas abîmer mon dessin, répondit lentement Brody. Il l'a déjà dit.

— Je vais peut-être changer d'avis, rétorqua Sloane.

Il ne le ferait pas. Aucun des membres de *Montgomery Ink* ne le ferait. Même agacés, ils ne gâcheraient pas un tatouage. C'était leur revenu, leur passion, leur vie. Bâcler un dessin n'était même pas une option.

— Tu ne le ferais pas, déclara calmement Brody. Tu m'aimes bien, même si tu as envie de me frapper au visage, là.

Sloane gloussa lentement et vit les épaules d'Austin se détendre en entendant ce bruit.

— Bon sang, gamin, tu as un sacré ego.

— Ça aide avec les filles. Enfin, pas la tienne. Je ne vais pas te la piquer.

Si Sloane n'avait pas envie de botter le cul de ce gamin parce qu'il s'était trop approché d'Hailey, il aurait pu devenir ami avec cet idiot. Dans le cas présent, il ne se permettait pas d'émettre un jugement jusqu'à ce qu'il puisse comprendre ce qu'il allait faire avec Hailey. Il ne pouvait continuer ainsi, flippant à chaque fois qu'un homme s'approchait d'elle. Évidemment, il ne l'avait jamais fait aussi visiblement auparavant. C'était une grande première.

Elle avait souri à Brody.

Elle lui avait adressé l'un des sourires qui lui étaient réservés.

Bon sang. Il devait se sortir les doigts du cul.

Il termina l'œuvre de Brody en silence, puis étira son dos quand le gamin se leva et passa une main dans ses cheveux.

— D'accord, je vais dire à Hailey que je ne reviendrai pas. Comme ça, elle ne se sentira pas mal ni rien, tu vois ?

Sloane se contenta de hausser un sourcil

— Tu lui as dit que tu passerais une fois qu'on

aurait fini ton tatouage. Il est terminé, donc si tu y vas pour lui annoncer que tu ne viendras pas, ça m'a l'air un peu idiot.

Brody se contenta de hausser les épaules.

— Le fait que tu ne fasses rien avec une femme pour qui tu as clairement des sentiments, ça m'a l'air un peu idiot.

— Oh, bon sang, marmonna Maya.

Austin laissa échapper un gloussement rauque.

— Fermez-la, les Montgomery, cracha Sloane.

Le foutu clan des Montgomery, qui se mêlait toujours des affaires des autres.

— Le gamin n'a pas tort, dit doucement Austin. Tu tournes autour de cette fille depuis des années. Si tu ne fais rien, il est peut-être temps de t'éloigner d'elle.

Sloane laissa échapper un grondement et plissa les yeux face à celui qui avait un jour été son ami. Austin le fixa en retour, impénitent. Sloane lui adressa un doigt d'honneur et reporta son attention sur Brody.

— Pourquoi tu ne partirais pas tout de suite et que tu me laissais m'occuper d'Hailey ?

Brody haussa les sourcils.

— Et si je choisis d'y aller pour qu'elle ne pense pas que je suis un crétin ?

Sloane ricana et Brody leva les mains comme pour dire qu'il abandonnait.

— Merde, Sloane. D'accord, mais tu ferais mieux d'y aller et de t'assurer qu'elle n'ait pas l'impression que je ne suis pas venue à cause d'elle. Tu m'as compris ? Parce que c'est vraiment salaud.

— Je ferais en sorte qu'elle comprenne.

Lui ne comprenait pas. Qu'était-il en train de faire ? Maintenant, il rejetait les hommes loin d'Hailey et agissait comme un véritable idiot. Il allait être obligé d'aller là-bas, de lui parler de sentiments et toutes ces conneries. Bien sûr, ils discutaient de tout et n'importe quoi, tant que ça n'était pas important, d'habitude, mais il avait l'impression que là, ce serait conséquent.

Pourquoi changeait-il les choses ?

Pourquoi avait-elle dit oui à Brody ?

Celui-ci inclina la tête.

— Tu sais quoi ? Je m'en fous. Je vais aller lui dire que je ne passerais pas prendre ma dose de sucre. Je ne vais pas être le salaud de l'histoire. Ce sera toi.

Sloane voulut tendre la main et saisir le gamin par la nuque, mais il s'empêcha de le faire. L'autre homme franchissait la porte qui connectait *Montgomery Ink* à *Taboo*, laissant Sloane comme un véritable idiot.

— Je n'arrive pas à croire que tu aies fait ça, intervint doucement Callie. Je sais qu'Hailey et toi, vous avez ce… truc, mais sérieusement, tu viens de mettre les pieds dans le plat.

— Ne commence pas avec moi, Callie.

— Ne t'énerve pas contre la fille enceinte, cracha Maya.

Cette fois-ci, ce fut Sloane qui leva les mains comme s'il cédait.

— Nom de Dieu. Mais qu'est-ce que vous avez tous, aujourd'hui ?

Maya avança vers lui, son anneau à l'arcade brillant sous les lumières.

— Oh, je ne sais pas, peut-être qu'on te regarde agir comme un crétin et pourtant, tu n'as pas l'air de le comprendre.

Il passa sa langue sur ses dents. Oh, il savait qu'il se comportait en crétin, mais il ne savait pas comment s'arrêter. Ces derniers temps, il n'avait pas été capable de faire grand-chose, et malgré tout, il continuait de commettre des erreurs. Il continuait de se rapprocher, encore et encore, d'Hailey, sachant que ce serait lui qui lui ferait du mal, en fin de compte. Au début, s'il était resté loin d'elle, c'était parce qu'il avait une bonne raison, puis il s'était assuré de garder ses sentiments sous contrôle quand il n'avait pas pu rester loin d'elle.

Il était désormais au centre de quelque chose qui ne le regardait absolument pas. Une petite partie de lui s'en moquait, et cette part souhaitait qu'elle soit à lui jusqu'à la fin de sa vie. La partie rationnelle de son esprit savait qu'il devait rester loin d'elle. Ce serait mieux pour tout le monde s'il s'en tenait à ça et qu'Hailey subsistait de son côté du mur.

Mais il avait tout gâché.

Vraiment.

— Tu ne vas rien dire ? demanda Maya.

Elle scruta son visage. Cette fois-ci, il ne vit aucune colère, mais plutôt de la déception. Rien ne le blessait plus rapidement que de voir ça dans les yeux de ses amis.

— Je veux que tu sois heureux, Sloane. Pourquoi ne le comprends-tu pas ?

— Je pourrais dire la même chose de toi, répliqua-t-il sans réfléchir.

Elle écarquilla les yeux un moment, pâlissant.

— Tu sais quoi ? Va te faire voir. J'en ai marre. Fais-toi du mal, bloque toutes les émotions que tu penses avoir, mais si tu fais encore plus de mal à Hailey que tu lui en as déjà fait, je te fous un coup dans les bijoux de famille.

Sur ces mots, elle s'en alla brutalement et il ferma les yeux, se maudissant. Maya avait ses propres problèmes et il n'aurait pas dû l'évoquer, même de la façon la plus vague possible. Les amis ne faisaient pas ça, ils ne remuaient pas le couteau dans la plaie quand ils savaient que quelqu'un souffrait.

Pourtant, Sloane continuait de tout gâcher.

— Pourquoi tu n'irais pas faire un tour ou un croquis ? demanda doucement Austin. Prends un peu l'air.

Sloane souffla et acquiesça sèchement. *Montgomery Ink* était sa famille, et il devait se souvenir de ça. Il avait tourné autour du pot quant à ses sentiments pour Hailey, ce qu'il avait voulu qu'elle signifie pour lui, pendant bien trop longtemps, et à présent, il devait gérer les conséquences. Les autres avaient toujours su qu'il y avait peut-être quelque chose entre eux, mais maintenant, il avait évidemment agi en faveur de cette connexion.

Et dès qu'Hailey découvrirait ce qu'il avait fait, il serait dedans jusqu'au cou.

Il ferma la porte du bureau derrière lui et soupira, passant une main sur son visage. Il s'assit ensuite au bureau principal et traça de l'index le bord de son carnet de croquis. Il était un artiste depuis aussi longtemps qu'il s'en souvenait, même s'il ne s'était jamais considéré comme tel. Il était doué avec un crayon de papier depuis qu'il était enfant et pourtant, il avait toujours gardé cette opinion pour lui. Il n'avait pas voulu que les autres sachent ce que lui savait. Pas quand une faiblesse telle qu'une sensibilité l'art pouvait lui causer des problèmes ?

Il avait appris il y a longtemps que ses doigts étaient plus doués pour les gâchettes que pour la graphite et l'encre.

Du moins, c'était ce que son père lui avait dit.

Sa peau se tendit et il contracta sa mâchoire, s'obligeant à haleter régulièrement, plutôt que de respirer laborieusement comme ses poumons semblaient vouloir l'y encourager. Sa poitrine se serra et il frotta un poing contre son cœur.

Il coinça ses écouteurs dans ses oreilles et lança un rock alternatif qui n'avait pas beaucoup de basses et dans lequel le chanteur principal fredonnait d'un air apaisant, plutôt que de pleurer les cœurs perdus et le manque d'empathie. Sloane devait se calmer avant de faire une autre crise d'anxiété. Il n'en avait jamais eu au milieu de la boutique, mais il n'en avait pas été loin auparavant. Cela faisait une décennie qu'il n'était plus dans l'armée, et pourtant, il pouvait encore entendre les cris, les tirs qui ne semblaient jamais se taire. S'il prenait de profondes inspirations et se concentrait sur le dessin, il pouvait suffisamment se calmer pour ne pas avoir de sueurs froides. S'il repoussait la douleur, il ne vomirait pas par terre, n'écraserait pas sa main dans le mur de plâtre parce qu'il ne connaissait aucune autre forme d'extériorisation.

Sloane hocha la tête en rythme lorsqu'il s'obligea à ouvrir les yeux. Ses mains tracèrent à nouveau le contour du carnet de croquis avant de tourner les pages, le crayon à la main. Il avait quelques dessins à finir afin qu'ils soient prêts pour ses clients, et il avait d'autres choses en tête qu'il pouvait juste dessiner pour se détendre, mais il n'arrivait pas à se concentrer.

Il n'arrivait pas à se concentrer.

Une main se posa sur son épaule et il fit volte-face, se levant dans un souffle, sa main levée, le crayon tenu comme une arme. Le rythme de la musique augmenta, tout comme celui de son cœur.

Hailey était devant lui, les yeux écarquillés, une main sur le cœur et l'autre tendue devant elle.

Se protégeant.

De lui.

C'était la raison pour laquelle il n'était pas pour elle.

C'était la raison pour laquelle il était resté loin d'elle.

Il allait simplement lui faire du mal. Il allait seulement la perdre face aux démons qui l'empoisonnaient.

— Quoi ? cracha-t-il en enlevant ses écouteurs de ses oreilles.

Elle recula en entendant sa voix.

Sloane souffla.

— Merde. Je ne voulais pas te faire peur. Tu m'as juste surpris.

Elle déglutit difficile.

— Je vois ça.

Elle se lécha les lèvres et baissa les mains, posant ses poings sur ses hanches.

— Mais qu'est-ce qui ne va pas chez toi ?

Il se figea, ne sachant quoi répondre. Avait-elle vu la panique dans son regard ? Avait-elle vu qu'il était brisé ? Qu'il était abîmé... bien trop usé pour une femme comme elle ?

— Pourquoi Brody m'a dit « va régler ça avec Sloane », quand il a expliqué que je ne l'intéressais pas ? poursuivit-elle.

Il déglutit difficilement, ressentant un soudain soulagement à l'idée qu'elle n'ait pas vu qui il était en réalité, mais ce sentiment fut rapidement remplacé par l'impression qu'il avait merdé.

— Il n'était pas assez bien pour toi, répondit-il simplement.

Elle plissa les yeux et rougit. Il aimait la façon dont son visage transmettait les émotions. La plupart du temps, elle continuait de sourire, comme si elle devait être heureuse ou pétillante pour ses clients, ajoutant des petits mots doux à sa voix traînante quand elle en avait envie. Mais parfois, il voyait au-delà de ça, il voyait la femme qu'il voulait avoir dans sa vie, mais qu'il était conscient de ne pouvoir avoir.

— Va te faire foutre, Sloane.

Il haussa les sourcils. Généralement, Hailey ne jurait pas avec lui.

— Ne me regarde pas comme ça, crétin. En fait, ne me regarde pas du tout. Tu te prends pour qui ? Franchement, tu te prends pour qui, Sloane ? Je croyais que tu étais mon ami, mais peut-être que j'avais tort. Quel genre d'homme intervient et dit à un autre de dégager ? Ce n'était pas à toi le faire, c'est certain. J'ai souri à *un* type. C'est tout. J'ai dit que je serais dans mon café quand il aurait fini son tatouage. C'est tout. Et pourtant, ça a curieusement provoqué ton complexe d'alpha et tu as été obligé de le repousser. Comment oses-tu dire qu'il n'est pas bon pour moi ? Tu ne le connais pas. Et, apparemment, il est clair que tu ne me connais pas.

Les larmes inondèrent ses yeux et elle battit rapidement des paupières pour les chasser, haussant le menton.

Bon sang. Il était un salaud. Un con. Un loser. Un crétin.

— Pourquoi as-tu fait ça ? demanda-t-elle d'une voix basse. Tu es resté loin de moi pendant des *années*. Nous sommes amis, mais nous ne nous sommes jamais rapprochés. Pourquoi as-tu changé les règles ?

Elle les avait changées en premier en flirtant avec un homme devant lui, mais il ne l'évoqua pas. Il lui avait déjà fait mal et s'était blessé par la même occasion.

Il devait se reprendre, il le savait, mais il avait également conscience qu'il n'était pas assez bien pour elle, qu'il n'était pas ce dont elle avait besoin.

— On va sortir ensemble, dit-il en se surprenant lui-même.

Elle en fut bouche bée.

— Quoi ?

— Viens dîner avec moi.

Bon sang, mais que faisait-il ? Il avait repoussé Brody parce qu'il pensait que cet homme n'était pas assez bien pour elle, ou du moins, c'était ce qu'il s'était dit, mais cela ne signifiait pas que Sloane *était* convenable pour elle. En fait, il savait que ce n'était pas le cas.

— Tu as dit à Brody de partir parce que tu voulais sortir avec moi ? s'enquit-elle en levant la voix.

— Tu as dit que j'avais changé les règles, alors modifions-les encore davantage. Sors avec moi.

Elle cligna rapidement des yeux, puis acquiesça.

— D'accord.

Ce n'était pas la meilleure des réponses, mais il avait royalement loupé sa demande. Il ne pouvait pas lui en vouloir.

— Je passe te prendre à dix-neuf heures.

— Ce soir ? Tu veux sortir ce soir ?

— Tu as un problème avec ça ?

Pouvait-il se comporter encore davantage en salaud ?

— Tu sais quoi ? Je ne sais plus, Sloane. J'ignore totalement ce qui est en train de se passer, mais d'accord. On se voit à dix-neuf heures.

Elle souffla, ferma les yeux un moment, puis croisa son regard.

— J'espère qu'on découvrira ce qu'on est en train de faire avant qu'il soit trop tard.

Elle chuchota cette dernière phrase avant de sortir du bureau et de le laisser tout seul.

Il espérait également pour leur bien qu'ils le découvriraient. Parce qu'il venait juste de s'écraser dans le mur qu'il avait prudemment monté entre eux deux, et maintenant, ils allaient devoir en gérer les conséquences.

Et tandis que son esprit tourbillonnait et qu'il essayait de découvrir quelle serait sa prochaine étape, la petite part de lui qui avait toujours de l'espoir, celle qu'il enterrait un peu plus profondément chaque jour, se mit à palpiter.

Il allait sortir avec Hailey.

Enfin.

Et il allait tout gâcher. Encore. C'était ce qu'il faisait. Il priait simplement pour ne pas briser Hailey en même temps.

CHAPITRE 3

HAILEY AVAIT CARRÉMENT PERDU la tête. C'était la seule raison qui expliquait pourquoi elle se tenait devant son miroir, tortillant ses mains. Tout cela ressemblait à un rêve, mais à la façon dont son cœur battait dans sa poitrine, elle savait que c'était réel.

Bien trop réel.

Une minute, elle préparait du café, essayant de trouver comment elle allait poser un lapin à Brody qui souhaitait boire un coup ou quelque chose comme ça avec elle, et la suivante, elle était dans le bureau de Sloane, disant oui pour un rencard. Avec *lui*.

Ça n'avait aucun sens.

Au moment où elle était repartie dans son café,

elle avait su qu'elle avait commis une erreur en flirtant avec Brody. Bien qu'elle ait eu envie de s'affirmer et de faire un pas sur le chemin qui n'incluait pas son attente perpétuelle pour un homme qui ne voulait pas vraiment d'elle, elle n'avait pas souhaité faire un si grand bond. Ce n'était pas que Brody n'était pas mignon. Et il avait été gentil avec elle. C'était plus qu'il n'était pas *pour* elle. Et si, à cet instant-là, elle avait su que Sloane ne serait jamais pour elle non plus, elle était consciente de ne pas vouloir Brody de cette façon. C'était une erreur de jugement qu'elle allait devoir corriger tout de suite.

Seulement, le jeune homme était arrivé avec un sourire désolé, disant qu'il ne resterait pas. Elle aurait pu se sentir blessée qu'il se désiste si vite, mais elle ne put en être que soulagée. Il avait l'air d'un garçon sympa, avec un côté dangereux, peut-être, mais elle n'avait pas envie de lui comme elle le devrait. Même pour partager un café en flirtant un peu. Elle lui avait souri en retour et avait répondu qu'elle comprenait, même si elle n'avait pas saisi pourquoi il avait si rapidement changé d'avis, quoiqu'elle en soit soulagée. Lorsqu'elle lui avait demandé si quelque chose n'allait pas, il lui avait dit de poser la question à Sloane et elle s'était agrippée au plan de travail. Fermement.

Après avoir laissé tomber cette bombe, ce mec était simplement sorti de son café, les mains dans les poches et un sourire sur le visage.

Ça n'était pas logique. Pourquoi Sloane aurait-il un quelconque rapport avec le désistement de Brody pour leur presque-rencard ? Donc, elle s'était rendue à *Montgomery Ink* d'un pas lourd, furieuse et blessée que Sloane ose interférer, surtout qu'il n'avait rien fait en ce qui concernait leur relation à tous les deux. Elle avait été à deux doigts de lui botter le cul.

Personne n'avait été plus surpris qu'elle lorsqu'il l'avait invitée à sortir avec lui.

Ou plutôt, quand il lui avait dit qu'ils sortiraient ensemble.

Elle n'était pas sûre de savoir comment c'était arrivé, seulement qu'elle avait haussé le menton et avait dit oui. Elle n'aurait pas dû, elle en était consciente. Cet homme n'avait pas voulu d'elle avant que quelqu'un d'autre saisisse sa chance. Ce n'était pas ainsi que les relations devaient fonctionner. Il n'était pas censé la maintenir à un bras de distance, attendant de se décider. Ce n'était pas juste pour elle ni pour lui.

Et pourtant, elle avait été faible.

Elle avait dit *oui*.

Elle ferma les yeux et s'agrippa au bord de sa

robe. Il était hors de question qu'Hailey recule maintenant. Il passerait bientôt la chercher et elle saisirait ensuite sa chance pour une nouvelle vie.

Elle avait déjà saisi cette opportunité auparavant, elle avait des cicatrices pour le prouver. Donc peut-être qu'elle réussirait. Peut-être qu'elle pouvait sortir avec quelqu'un et se souvenir que ce n'était pas l'entièreté de son cœur qui faisait d'elle qui elle était, mais plutôt la force de ce qu'il y avait à l'intérieur. Seulement, elle s'était montrée faible en disant oui, déjà, n'est-ce pas ? Elle avait cédé à ses actions bien trop facilement et voilà où ils en étaient.

Elle était beaucoup trop confuse et le fait qu'elle soit *excitée* n'aidait pas. Elle avait eu envie de Sloane pendant des années et désormais, ils avaient leur chance. Peut-être qu'ils devraient juste mettre le *comment* de côté pour se concentrer sur le *maintenant*.

Hailey ouvrit les yeux et croisa son regard dans le miroir. Elle pouvait vivre dans le présent, puisqu'elle le faisait depuis ce jour fatidique où elle avait affronté sa mortalité avec une force fragile dont elle n'avait pas eu conscience. Oh, Sloane et elle allaient devoir discuter de la façon dont cela s'était passé, même pour quelques instants, mais elle pourrait aller de l'avant.

Elle toucha le bord de sa robe avant de laisser le tissu tomber par terre. Elle était nue devant le miroir, s'appuyant sur une force qu'elle avait depuis longtemps aiguisée dans l'obscurité.

Son chirurgien avait fait un merveilleux travail, mais personne ne pouvait faire des miracles avec une mastectomie bilatérale qui creusait profondément les tissus. Il lui avait fallu six opérations pour que le chirurgien plastique trouve le bon équilibre. Chaque fois, elle avait hurlé de douleur, vomi à cause des médicaments, et avait eu mal si profondément dans son cœur qu'elle n'aurait jamais pensé se relever et respirer à nouveau.

Sa poitrine avait disparu.

Il ne restait que les remerciements pour le talent du chirurgien. Une énorme cicatrice, qui s'était légèrement ternie avec le temps, mais qui était toujours là, et qui traversait chacun de ses seins. D'autres cicatrices à cause des opérations, des cathéters et des traitements couvraient le haut de sa poitrine, son ventre et le milieu de ses seins. Ce n'était pas joli et parfois, elle savait que c'était clairement terrifiant.

Lorsqu'elle avait enlevé les liens et les pansements après la première chirurgie, elle avait sangloté, des pleurs déchirants avaient traversé tout son corps... ou du moins, le corps qu'il restait. Ils n'avaient pas pu commencer le processus de reconstruction jusqu'à sa seconde opération à cause de la profondeur des cellules cancéreuses. Cela n'aurait pas dû lui faire aussi mal. Elle était *vivante*. Les seins n'étaient que des seins.

Mais tout ça n'était qu'un foutu mensonge.

C'était une *femme*. Sa poitrine avait fait partie d'elle. Elle aimait son corps, même quand elle n'avait que vingt ans. Bien sûr, elle aurait voulu avoir plus de courbes là où cela importait quand elle était plus jeune, mais ça n'était pas arrivé. Au lieu de passer ordinairement de l'adolescence à l'âge adulte, elle avait affronté sa propre mortalité comme aucune femme ne devrait le faire.

Alors oui, pour le monde extérieur, elle avait un corps normal, si le mot « normal » pouvait encore être employé aujourd'hui. Son chirurgien avait été brillant, et après toutes ses années, Hailey savait comment porter les bons vêtements pour s'assurer que personne ne devine qu'elle avait des cicatrices en dessous.

Mais elle n'était pas la même qu'auparavant.

Une chose qu'elle avait faite différemment de la plupart des femmes, c'était la reconstruction des tétons. Elle avait préféré ne pas les garder, dans tous les sens du terme, comme certaines femmes le font.

Cela n'avait pas été la bonne opération pour elle et elle avait voulu aller de l'avant. Ses tétons ne faisaient pas partie de qui elle était, ou du moins, c'était ce qu'elle avait d'abord pensé. Elle avait également décidé de ne pas en faire tatouer de faux. Enfin, pas encore. Elle avait beaucoup réfléchi à ce propos et avait même été sur le point de demander à Maya de le faire pour elle... mais ce n'était pas ce qu'elle voulait. Elle avait réclamé la pose d'implants pendant les dernières chirurgies, même s'ils n'étaient pas parfaitement réguliers. Ses courbes lui manquaient et même si à une époque, elle n'avait pas eu l'impression que ces seins étaient *les siens*, elle avait appris à les voir différemment.

Dans les années suivant son diagnostic et sa guérison, elle avait formulé un plan. Elle voulait un certain genre de tatouages sur ce qui avait un jour été sa poitrine et dans son cœur, elle savait qui devait le faire. Si Maya, Austin ou Callie prendraient grand soin d'elle, elle préférait la personne qui, elle le savait, avait une certaine noirceur, une cicatrice sur son âme qui était aussi profonde, voire même plus que les marques physiques qu'elle portait.

Elle voulait Sloane.

Elle souffla, d'un air tremblant.

Elle n'avait jamais eu le courage de le lui demander... peut-être que c'était le moment. Après tout, s'il la voyait nue, il saurait pour sa poitrine. Et si elle emmenait ce rencard, cette relation, plus loin, il verrait tout.

C'était un pas qu'elle n'avait pas été prête à faire auparavant, mais peut-être, juste peut-être que l'intervention de Brody ne l'aiderait pas seulement à réparer les cicatrices restantes sur son corps, son *âme*, mais aussi à montrer ce qu'il pouvait avoir avec elle, ce qu'elle aurait pu avoir avec lui.

Elle n'était pas la femme qu'elle avait un jour été, se rappela-t-elle, mais en fin de compte, personne ne l'était vraiment.

En roulant des épaules, elle revêtit son legging sombre et sa tunique. Elle épousait parfaitement ses courbes, sans montrer aucune irrégularité sur sa poitrine. Peu importait combien d'opérations elle avait, elle n'obtiendrait jamais des globes parfaits. Mais après tout, ils ne l'étaient pas non plus quand ils avaient été réels. Le soutien-gorge et la façon de mettre ses épaules en arrière aidaient avec ce problème. Une fois qu'elle était nue... eh bien, c'était une autre forme de confiance qu'elle avait essayé d'accorder auparavant, mais avait échoué.

Environ un an après sa dernière chirurgie, elle avait couché avec un homme qu'elle fréquentait. Il avait su qu'elle avait un cancer, mais il n'avait pas été conscient de la profondeur de son... nouveau corps. Il ne l'avait pas fait jouir pendant ces ébats et était resté si loin de sa poitrine qu'elle s'était sentie comme un paria. Elle ne pouvait pas ressentir les mêmes sensations qu'auparavant avec ses tétons, puisqu'elle n'en avait plus, mais ignorer complètement l'endroit où ils s'étaient trouvés, en ne leur jetant même pas un coup d'œil quand elle avait enlevé son haut, avait rapidement gâché tout picotement qu'elle aurait pu ressentir pour cet homme. Cela était en partie sa faute, peut-être, puisqu'elle n'avait pas communiqué sur ses émotions, mais bon sang, il aurait dû essayer de rendre la situation plus facile pour elle.

Elle n'avait pas couché avec un homme depuis.

Le fait qu'elle ait besoin de plus de temps pour jouir avec un vibromasseur qu'avant la chimiothérapie et les rayons ne rendaient pas les choses plus faciles. Mais si elle était patiente, et honnête quant au fait de penser à Sloane en se masturbant, elle finissait par y arriver. Et bien que le sexe torride lui manque, c'était surtout l'intimité d'être avec quelqu'un qui lui manquait le plus. Elle avait eu quelques petits amis pendant le lycée et au début de l'université, donc elle avait de l'expérience. Elle n'en avait pas eu pendant cette épreuve, donc elle était passée de l'ancienne à la nouvelle version d'elle-même sans personne pour voir les progrès.

Sortir avec Sloane ce soir était un obstacle pour sa confiance qu'elle n'avait jamais affrontée auparavant... du moins, c'était une foi différente. Si et quand elle lui parlait de son cancer, qu'elle évoquait son corps, elle lui donnerait également une partie d'elle, une partie intime, avant même qu'elle le laisse le toucher.

Elle faisait confiance à Sloane plus qu'à quiconque, surtout grâce à la façon dont il l'avait traité depuis qu'ils s'étaient rencontrés. L'alchimie entre eux avait seulement brillé davantage au fil du temps.

Ils avaient tous les deux eu leur raison pour rester loin l'un de l'autre jusqu'à maintenant.

Elle lui dirait la sienne puisqu'elle ne le lui cacherait pas si les choses progressaient.

Elle espérait simplement qu'il lui expliquerait sa raison à lui.

— J'en ai assez, marmonna-t-elle.

Elle avait passé les vingt dernières minutes à se regarder dans le miroir, à essayer de découvrir comment elle s'était mise dans cette situation, et à présent, elle allait être en retard si elle ne se bougeait pas.

Aussi vite que possible, elle finit de se lisser les cheveux, les mèches luisantes formant un carré parfait. Ses cheveux post-chimiothérapie n'étaient pas lisses comme avant, donc elle devait utiliser un fer si elle voulait que sa coupe fonctionne. Sa frange épaisse était géniale, selon elle, et elle était heureuse que ses mèches ne soient pas devenues aussi fines que pour d'autres personnes. Cette coupe de cheveux, en fait, venait de cette perruque qu'elle avait eue pendant son traitement. Elle avait adoré la façon dont cela encadrait son visage, donc elle avait laissé ses cheveux pousser de cette façon.

Elle se maquilla rapidement, s'assurant que ses lèvres soient tachées d'un rouge profond. Si elle appuyait un verre contre sa bouche ou embrassait même Sloane plus tard, la couleur ne s'étalerait pas. Elle aimait cette marque et priait pour que le café continue à tourner aussi bien pour pouvoir se permettre de l'acheter.

On frappa à sa porte, pile à l'heure, et elle sourit. Sloane était célèbre pour sa ponctualité. Le connaissant et sachant que son état d'esprit était encore militaire, il attendait probablement dehors depuis cinq minutes, puisqu'être à l'heure pour lui, c'était déjà être en retard. Généralement, elle n'était pas en retard, mais c'était parfois tout juste.

Hailey essuya ses mains sur sa longue tunique avant d'ouvrir la porte, son cœur battant bruyamment dans ses oreilles.

Bon sang, elle adorait l'allure de cet homme.

Il portait une vieille veste en cuir qui moulait parfaitement ses épaules et qui lui donnait envie de la lui enlever. Ses jambes étaient coincées dans un jean délavé, mais il n'était pas trop vieux, il n'avait pas de trou ni rien. Il glissait merveilleusement sur ses mollets et était d'un bleu idéal. Les chaussures noires qu'il portait accentuaient seulement l'image de bad-boy sexy qui faisait battre son cœur encore plus fort.

Il avait mis un bonnet en laine sur son crâne puisqu'il faisait un peu froid dehors, malgré un léger réchauffement aujourd'hui. Bien sûr, avec la météo de Denver, cela pouvait redescendre au-dessous de zéro demain, et le jour suivant, ils pourraient très bien être obligés de porter un short.

— Waouh, chuchota-t-elle et il lui sourit.

— Toi aussi, tu es plutôt *waouh*.

Il plongea ses mains dans ses poches et se balança sur ses talons. Son regard était lumineux, comme si lui non plus ne savait pas vraiment comment il avait fini là. Bien sûr, elle ne faisait probablement que des suppositions.

— Alors... tu veux entrer ?

Elle se mordit la lèvre. Pourquoi était-ce si gênant ? C'était *Sloane*. Ils se voyaient pratiquement tous les jours. Il venait souvent dans son café juste pour parler. Ou plutôt, pour grogner et marmonner à moins que quelque chose soit vraiment important pour lui. Ils se connaissaient... par conséquent pourquoi cela avait-il l'air si différent ?

Parce que c'*était* différent.

Il inclina la tête, étudiant son visage.

— Si c'est ce que tu veux. J'ai une réservation à l'*Illusion* dans un moment, mais je peux la retarder si tu veux faire quelque chose de différent.

Il sourit à nouveau.

— Je ne t'ai même pas demandé ce que tu voulais faire, après tout.

Elle soupira.

— On a fait ça un peu à l'envers, non ?

Il haussa les épaules.

— Et alors ? On le fait à notre façon, c'est tout. C'est tout ce qui compte. Pourquoi tu n'irais pas mettre ta veste, qu'on aille à *Illusion* ? On s'occupera du reste au moment voulu.

Elle acquiesça, se réchauffant étrangement en entendant ces mots. Elle avait aimé l'utilisation du mot *notre*. Elle n'avait pas été dans un *nous* pendant bien trop longtemps. Dès qu'elle prit sa veste et son sac, elle ferma la porte derrière elle et se retrouva sur le perron avec Sloane. Il glissa sa grande main rêche au-dessus de la sienne et elle se lécha les lèvres.

Il l'avait touchée auparavant, bien sûr, avec de petites caresses ou un tapotement dans le dos.

Mais il n'avait jamais tenu sa main.

C'était en train d'*arriver*.

— Prête ? demanda-t-il d'une voix rauque et profonde.

Était-elle prête ? Elle n'était pas sûre qu'elle le serait un jour, voilà qu'elle était là, avec Sloane, aussi entière qu'elle le pouvait, s'apprêtant à bondir.

— Oui, chuchota-t-elle. Oui, je le suis.

Il croisa son regard et acquiesça.

— Bien.

Sur ces mots, il la mena vers sa voiture, un grand quatre-quatre avec des pneus épais pour la neige. Elle savait qu'il avait également une moto dont il se servait quand il faisait chaud, et elle s'était toujours imaginée en train de rouler derrière lui, ses cuisses enroulées autour de son corps quand ils avançaient à toute allure.

Elle rougit, énervée contre elle-même parce que le rose lui montait aux joues, et elle repoussa ces idées de son esprit.

Rencard d'abord.

Le sexe après.

Dès que Sloane monta dans la voiture, il haussa les sourcils en la regardant.

— Soit tu as froid parce qu'on est resté dehors trop longtemps, soit tu as des pensées obscènes.

Elle ricana et agita une main.

— J'oublie que tu me connais si bien.

Il se lécha les lèvres.

— Est-ce que ça veut dire que tu as des pensées obscènes ?

C'était Sloane, se répéta-t-elle une nouvelle fois. Elle pouvait être elle-même.

— Et donc, ce serait un problème si c'était le cas ? Tu es sexy et je pensais à ta moto.

Il lui sourit alors, ses dents blanches contrastant avec sa peau bronzée.

— Lorsqu'il fera plus chaud, je t'emmènerai faire un tour.

Bien sûr, elle s'imagina en train de le chevaucher *lui*. Puis, elle pensa à la moto en général. Voulait-il dire qu'il souhaitait qu'elle soit avec lui, dans le genre *avec lui*, sur la moto, ou n'était-ce qu'une chose qu'on faisait entre amis ?

Et pourquoi diable réfléchissait-elle autant ?

— Arrête de réfléchir.

Elle lui jeta un regard en biais alors qu'il conduisait.

— Arrête de lire dans mon esprit.

— Je ne peux pas m'en empêcher. C'est ce qu'on fait.

— C'est vrai, marmonna-t-elle. Qu'est-ce qu'on fait, Sloane ?

Elle n'avait pas voulu prononcer cette deuxième partie, mais apparemment, elle ne pouvait s'en empêcher.

Il soupira et s'agrippa davantage au volant, comme le prouvaient ses articulations blanchies.

— On sort ensemble ce soir. On va manger, parler un moment, après on verra.

Elle se pinça les lèvres.

— Et ? Et ensuite ? Enfin, pourquoi maintenant ? Pourquoi as-tu attendu que Brody me propose quelque chose pour faire quoi que ce soit ?

Il grogna, puis se gara sur le côté de la route. Il écarquilla les yeux en mettant ses feux de détresse et en se tournant vers elle.

— D'accord, on va régler ça tout de suite. Toi et moi ? On se tourne autour depuis un moment, maintenant. Je le sais. Tu le sais. Alors, disons-le simplement.

Elle acquiesça.

— Ouais, tu as raison, mais...

— Je n'ai pas fini.

Elle ricana, mais lui fit signe de continuer. Elle aimait bien quand il était si grognon et taciturne, que Dieu lui vienne en aide.

— J'aimais le numéro auquel on jouait. Je te voulais, Hailey, mais... eh bien, pour mes propres raisons, je restais loin de toi. Je sais que je ne suis pas assez bien pour toi, mais visiblement, je m'en fiche totalement à présent. J'aime ce qu'on a, j'aime que nous parlions et te regarder pâtisser, mais j'en veux plus.

Il fit une pause.

— Je ne sais pas si je le mérite, mais j'en ai envie. Et pour info ? Tu aurais pu me demander de sortir avec toi à n'importe quel moment. Tu n'es pas du genre à reculer. Tu as des secrets, mais la plupart du temps, tu dis ce que tu penses.

Elle déglutit difficilement, son esprit tourbillonnant.

— Je devine que j'aurais pu te demander de sortir avec moi avant. Et tu as raison. J'*ai* des secrets et c'est la raison pour laquelle je n'ai rien fait.

Il scruta une fois de plus son visage.

— Eh bien, on fait quelque chose, là. Alors, passons à autre chose maintenant, ne nous inquiétons plus de ce que nous n'avons pas fait pour nous concentrer sur ce qu'il se passera ensuite. Je sais que tes secrets vont sortir, mais...

Cette fois-ci, elle l'interrompit.

— Mais si on continue de tourner en rond, on finira seulement par se faire du mal.

— Exactement. Donc, *Illusion* ça te convient toujours ? Ou tu veux quelque chose de différent ? Je sais que tu travailles avec de la nourriture tous les jours, à toi de choisir.

Illusion était un restaurant hipster qui avait ouvert au centre-ville de Denver quelques mois plus tôt. Il n'était pas aussi prétentieux que beaucoup d'autres lieux hipsters avaient tendance à l'être, et leurs plats étaient fantastiques. C'était un petit endroit caché qui avait tendance à être bondé, d'où les réservations pour le dîner. Mais tout était bio et savoureux. Puisqu'Hailey ne mangeait que des aliments bio à cause des produits chimiques dont son corps avait débordé, pour avoir une vie plus saine et cela lui convenait.

— Allons-y, dit-elle doucement avant de prendre une inspiration.

Sloane tendit la main et la posa sur sa joue. Sans réfléchir, elle s'appuya contre lui.

— D'accord, alors allons-y, Hails. Allons manger un morceau.

Il la relâcha, enleva les feux de détresse et s'engagea à nouveau sur la route. Pendant ce temps-là, Hailey se renfonçant sur son siège, sa joue toujours chaude à cause de sa main. Elle ignorait totalement ce qu'elle faisait, mais bon sang, elle avait hâte de le découvrir.

— Tu veux entrer ? demanda Hailey quelques heures plus tard.

Sa panse était bien remplie et ses joues étaient encore douloureuses parce qu'elle avait ri toute la soirée.

Le dîner avec Sloane avec été mémorable pour ne pas dire plus. Il était grand, barbu, taciturne et tatoué. Et oh, il était tellement à elle pour la soirée. Il avait ri avec elle, l'avait touchée quand il l'avait pu... juste un effleurement de ses doigts sur la peau soyeuse. Il s'approchait d'elle pour lui raconter une plaisanterie, puis lui lançait un large sourire lorsqu'elle riait.

Sloane ne souriait pas suffisamment.

Qu'il le fasse en sa présence lui réchauffait le cœur.

Sloane se tenait maintenant à côté d'elle, sur le perron, son corps large la dépassant, mais ne l'effrayant absolument pas. Il était le plus grand homme qu'elle connaissait, et pourtant elle savait qu'il ne lui ferait jamais mal, physiquement.

— Je pourrais me réchauffer, répondit-il.

Elle déglutit difficilement, déverrouilla la porte d'entrée et franchit le seuil, sentant son corps chaud derrière elle. Il l'aida à enlever son manteau, ses doigts effleurant ses côtes. Elle frissonna.

Lorsqu'il l'attira vers lui pour qu'elle soit face à lui, elle inclina la tête et se lécha les lèvres.

— J'ai envie de t'embrasser depuis si longtemps, déclara doucement Sloane. J'aurais dû le faire avant.

— Alors, fais-le maintenant, chuchota-t-elle.

Quand il baissa la tête, appuyant ses lèvres contre les siennes, elle s'abandonna à lui. Elle enroula ses bras autour de son cou et appuya son corps au sien, consciente qu'elle faisait quelque chose qui lui avait manqué depuis son diagnostic.

Elle laissait volontiers quelqu'un connaître la sensation de son corps.

Cela lui avait pris des années pour s'autoriser à considérer son corps comme étant beau. Comme courageux. Et avec ce baiser, elle ferait un pas de plus.

Elle permettait à une autre personne de penser, avec un peu de chance, la même chose.

La langue de Sloane glissa contre la sienne et elle gémit aimant son goût, sa sensation... tout.

Lorsqu'il s'éloigna, ils étaient tous les deux à bout de souffle, une part fondamentale de leur relation ayant changé pour toujours.

Elle croisa son regard et sut qu'elle devait faire quelque chose avant de passer à l'étape suivante, ça ne serait pas juste si elle ne le faisait pas.

— J'ai... j'ai eu envie de ça pendant si longtemps, déclara-t-elle enfin.

Sloane sourit, même si elle ne pouvait nommer l'émotion qu'elle vit dans ses yeux. Des secrets, pensa-t-elle ensuite. Ils avaient tous les deux des secrets. Il était donc peut-être temps qu'elle partage les siens. Elle les avait cachés pendant si longtemps qu'elle ne savait presque pas quels mots elle devait employer.

Lorsqu'elle s'éloigna, il fronça les sourcils. Néanmoins, il la relâcha, ses doigts s'attardant sur ses hanches quand elle bougea.

— Alors je suis ravi qu'on l'ait fait. Et si on recommençait ? demanda-t-il.

Elle se lécha les lèvres, mais leva une main quand il fit un pas vers elle.

— Je dois d'abord te dire quelque chose.

Il inclina la tête.

— D'accord.

Elle rit légèrement.

— Tu es toujours comme ça. Tu dis d'accord et tu *écoutes*, c'est ce que j'ai toujours aimé chez toi, Sloane.

Il haussa les épaules.

— Inutile que je sois là si je n'écoute pas. Tu veux t'asseoir ?

Elle secoua la tête.

— Non, mais allons quand même dans le salon. Je ne veux pas être aussi près des fenêtres.

Il haussa les sourcils, mais saisit sa main et la guida dans la pièce de vie. Son cœur battait fort et le sang palpitait dans ses oreilles une fois de plus. Néanmoins, cette fois-ci, ce n'était pas dans une anticipation essoufflée.

— Alors... tu sais, nous parlions de secrets ? Eh bien, je pense que je devrais te révéler le mien... tu vois... avant qu'on fasse autre chose.

Il secoua la tête.

— Tu n'as pas à me dire quoi que ce soit si tu n'es pas prêt. Je sais que nous avons commencé la soirée, bon sang même la *journée* sur une note étrange, mais si on veut y arriver, il faut qu'on le fasse à notre façon. Tu te souviens ?

— J'ai envie de te le raconter.

Elle ferma les yeux.

— C'est tellement plus difficile de sortir avec quelqu'un qu'on connaît, marmonna-t-elle.

Il ricana.

— La partie « on apprend à se connaître » est déjà réglée. Tu connais ma boisson préférée et je sais la tête que tu fais quand tu es fatiguée ou agacée. Donc oui, on ne peut pas se cacher de telles informations. Mais j'ai conscience que tu caches quelque chose à tout le monde, à moi. Je ne t'en veux pas pour ça. Nous avons tous besoin de nos secrets.

Elle acquiesça.

— Je sais. Et j'aurais dû l'expliquer à tout le monde il y a longtemps. Je ne voulais pas garder ça pour moi pendant si longtemps. Ce n'est pas que j'ai honte...

Elle marqua une pause.

— Je n'ai pas honte. Mais c'est... ce n'est pas un sujet facile. Et nous tous, les Montgomery et l'équipe, on a traversé tellement de choses. Et depuis mon... *truc* du passé est devenu difficile à aborder.

Sloane fit un pas un avant, mais ne la toucha pas.

— Raconte-moi, Hailey. Tu sais que tu peux tout me dire. Que s'est-il passé ?

Elle inclina le menton, sachant que c'était tout ou rien.

— J'ai eu un cancer. Un cancer du sein. Pendant mon traitement, j'ai subi une mastectomie bilatérale. La forme que tu vois, ce n'est pas qui j'étais, mais qui je suis maintenant. Je suis une survivante, Sloane, mais personne n'est au courant.

CHAPITRE 4

SLOANE ARRÊTA DE RESPIRER. Il arrêta simplement de respirer, son esprit partant dans toutes les directions et pourtant, ne bougeant pas du tout.

— Cancer, souffla-t-il. Cancer du sein.

Nom de Dieu. Il n'arrivait toujours pas à respirer.

— Oui. Le grand C. Je suis guérie, maintenant, au fait. Je ne l'ai jamais dit avant. En fait, je suis surprise d'en avoir révélé autant. Enfin, je me suis entraînée devant le miroir, mais comme je n'en ai parlé à personne depuis des années, c'était difficile. Différent. Tu vois ?

Elle continuait de bafouiller et il fit deux pas vers elle, s'agrippant à ses bras, et il écrasa sa bouche contre la sienne. L'émotion le traversa et son corps trembla. Elle haleta contre ses lèvres avant de l'embrasser en retour.

Lorsqu'il s'éloigna, il posa son front sur le sien et souffla d'un air tremblant.

— J'ai failli te perdre avant de te rencontrer. Je ne sais pas ce que j'aurais fait si je ne t'avais jamais eue dans ma vie, Hailey.

Elle mit les mains sur son ventre les laissant là. Il se détendit quand elle le toucha, alors même que son ventre bondissait sous la sensation de ses doigts sur lui.

— Sloane.

Il avança pour prendre son visage en coupe et il se servit de son pouce pour essuyer la seule larme qui était tombée.

— Merde, Hailey. Je savais que tu cachais quelque chose, mais j'ignorais totalement que c'était ça. Tu avais un *cancer* et tu ne l'as dit à personne.

Il pensait à ce qu'il savait de son passé et fronçait les sourcils.

— Attends, tu avais quel âge ? Tu avais quelqu'un ?

Elle secoua la tête entre ses mains, et il la relâcha, mais fit de son mieux pour qu'elle continue de le toucher.

— J'avais vingt ans quand j'ai été diagnostiquée. Il a fallu deux semaines pour obtenir les résultats de mon opération. Puisque je n'en étais qu'au stade 1 B, j'avais de grandes chances, mais ils devaient travailler vite avant que ça s'étende à d'autres parties de mon corps. La tumeur était petite, merci mon Dieu, mais c'était assez gros pour qu'ils s'en inquiètent. J'ai opté pour l'ablation des deux seins plutôt que le droit simplement.

Elle posa la main sur sa poitrine et il leva les yeux, son esprit tourbillonnant toujours.

— Mais tu étais seule. N'est-ce pas ?

Elle acquiesça.

— Tu sais que mon père est parti quand j'étais enfant, et ma mère est morte lorsque j'avais dix-huit ans. Je n'avais pas les moyens de me payer l'université à temps plein, donc j'ai suivi des cours du soir en travaillant dans une boulangerie. Je remercie tous les jours ces boulangers pour la chance qu'ils m'ont donnée. Non seulement ils m'ont appris à faire ce que j'adore maintenant, mais le travail m'a offert des bénéfices pour que je puisse payer le traitement.

Elle continua et il resta silencieux, ne sachant pas quoi dire. Qu'y avait-il à dire quand la femme qu'il *aimait* avait failli mourir sans qu'il le sache ?

— J'ai subi une chimiothérapie et des rayons,

mais les deux traitements ont été relativement courts puisqu'il ne s'était pas propagé. J'ai eu de la chance. Je sais que c'est bizarre de le dire puisque c'était un cancer, mais j'ai été chanceuse.

— Hails.

Il lui sourit tristement.

— Il a fallu six opérations pour refaire ma poitrine. Je ne suis pas la même personne. Loin de là, mais je suis moi.

Il glissa une main sur son bras et saisit ses doigts. Elle serra les siens. Fermement.

— Tu es belle, Hailey. À l'intérieur et à l'extérieur. Je l'ai toujours su. Mais que tu aies cette force, ce courage après tout ça ? Tu m'émerveilles.

Elle se pinça les lèvres et ses yeux se remplirent de larmes.

— Merde. Je ne voulais pas te faire pleurer.

— Elle secoua la tête et sourit.

— Ce sont des larmes de bonheur. Je n'étais pas sûre de ce que tu allais dire. Tu es un homme de peu de mots, après tout.

Elle n'était pas la première personne à le dire.

— Je parle quand c'est important. Et tu es importante.

Bien trop important pour lui. Bon sang, il était sale, entaché par rapport à elle. Et il était tellement grand. Il pouvait la briser en un geste imprudent. Comment pouvait-il penser qu'il était assez bien pour elle ? En même temps, il savait que s'il partait maintenant, non seulement il le regretterait pour toujours, mais elle penserait que c'était à cause d'elle.

Elle s'entortilla les mains et se mordit la lèvre.

— Qu'est-ce qu'il y a ?

— J'avais envie de te le dire depuis si longtemps. Pas parce que c'était un grand poids en moi, même si c'était le cas, mais plus parce que…

Elle souffla.

— Je n'ai plus de tétons. Enfin, ils les ont enlevés pendant la première opération. Je n'aurais jamais le genre de sensation que j'avais auparavant. C'est impossible. Mais j'ai toujours voulu faire… quelque chose.

Il se figea. Austin et Maya avaient fait quelques tatouages de tétons à la boutique et leurs dessins semblaient presque réalistes. C'était difficile, mais pour Sloane, se faire un tatouage demandait plus de courage que les autres ne le pensaient. Tous ceux qui travaillaient à *Montgomery Ink* avaient déjà tatoué par-dessus des cicatrices. Bon sang, c'était ainsi qu'Austin avait rencontré sa femme, Sierra.

Mais il n'était pas sûr qu'il pouvait supporter que Maya ou Austin fasse le tatouage de Hailey. Il savait qu'il n'avait pas le droit d'être possessif, mais il voulait être celui qui l'aiderait... si c'était ce qu'elle souhaitait.

— Je ne veux pas de tétons tatoués. Je ne pense pas que ce soit pour moi. Mais je souhaite faire quelque chose. J'envisage l'idée de me faire un dessin sur la poitrine depuis un moment. J'avais juste besoin du courage de raconter mon histoire pour faire quelque chose.

Il prit une profonde inspiration.

— Je pense que tu as bien plus de courage que tu ne te l'accordes.

Elle lui sourit, lui brisant à nouveau le cœur.

— J'ai toujours pensé...

Elle s'arrêta, fronçant les sourcils.

— J'ai toujours pensé que j'aurais dû te demander de le faire. Je ne sais pas pourquoi. Enfin, je sais que nous nous voulions l'un l'autre. Mais c'est différent. J'ai toujours cru que tu pouvais m'aider. Mais j'étais effrayée.

Il se pencha en avant et l'embrassa doucement, son cœur battant rapidement dans sa poitrine.

— Je serai honoré de t'aider. Tu peux me faire confiance, Hails. Je peux prendre soin de toi.

Elle posa les mains sur sa poitrine et s'avança.

— Je te fais confiance. C'est pour ça que je te l'ai

raconté. C'est pour ça que je veux que tu fasses mon tatouage.

Sloane l'embrassa à nouveau.

— Je ferais tout ce dont tu as besoin. Et quand tu seras prête pour que je le commence, je serai à tes côtés, je m'assurerai de faire exactement ce qui est nécessaire. Pour que tu me demandes ça...

Il secoua la tête.

— Tu m'épates, Hailey. Tu m'épates vraiment.

Elle lui sourit alors et il fut perdu.

Il aimait cette femme, il aimait tout chez elle et maintenant il était tombé encore plus amoureux. Il priait simplement de pouvoir la garder.

Le souffle de l'explosion frappa durement son Humvee et son cerveau fut ébranlé. Sloane haleta pour respirer, le feu brûlant autour de lui grillant sa peau. Il tendit la main vers son frère d'armes, mais il ne pouvait le sentir. Il ne pouvait pas ressentir grand-chose.

Juste de la douleur.

Sloane s'assit dans son lit, de la transpiration coulant sur sa peau tandis qu'il essayait de déglutir. Seulement, il ne pouvait respirer et il devait empê-cher son cœur de bondir hors de sa poitrine.

Merde.

Il n'avait pas eu l'un de ces cauchemars depuis des années. Il savait qu'il n'oublierait jamais vraiment ce jour, mais il pensait être passé outre ces terreurs nocturnes qui l'empêchaient de dormir, qui faisaient trembler ses mains et lui donnaient les yeux rouges.

Sloane grogna en mettant ses jambes sur le côté du lit et en prenant sa tête dans ses mains. Il avait juste besoin de respirer profondément avant que ça aille mieux. Il l'avait déjà fait un nombre incalculable de fois auparavant. Le syndrome post-traumatique ne disparaissait pas lorsqu'on était heureux et quand on le voulait avec la force de sa volonté. Il savait que ça ne disparaîtrait peut-être jamais, mais au moins, il ne luttait plus quotidiennement avec ça. Il s'en sortait beaucoup mieux que certains de ses amis de l'armée. Bon sang, au moins, il était rentré à la maison en un seul morceau. Il était même rentré, tout court. Son corps était peut-être couvert de cicatrices, mais il avait gardé tous ses membres et sa vue.

Cela devait compter pour quelque chose.

Cette idée de perte et de survie le fit penser à Hailey et il se calma rapidement. Il n'était allé qu'à la guerre. Il avait combattu et avait vécu, s'en sortant presque indemne.

Elle avait perdu bien plus que lui.

Et pourtant, il avait l'impression qu'elle s'en sortait beaucoup mieux que lui. Elle s'était battue avec grâce ou, du moins, il se disait que c'était le cas. Elle lui avait même parlé du tatouage qu'elle voulait qu'*il* lui dessine. Lorsqu'il repensa à la situation, il se disait que tout ce qu'il avait fait, c'était vivre, quand tant d'autres ne l'avaient pas fait.

Personne d'autre dans cette voiture n'avait survécu à l'explosion de la bombe sur la route.

Seulement lui.

Comment pouvait-il mériter d'être ici ? Comment pouvait-il mériter de rentrer chez lui et d'être avec une femme qui lui faisait sentir que tout irait bien ?

Il ne le méritait pas.

Mais il était assez égoïste pour continuer. Curieusement, il allait devoir découvrir comment vivre ainsi.

Après l'avoir embrassé à nouveau la veille au soir, il s'était dit qu'il avait besoin de partir. Beaucoup de choses avaient été dévoilées, et ils avaient tous les deux besoin de temps pour digérer tout ça avant de faire le pas suivant. Comment ils l'avaient dit hier soir, ils étaient au-delà de la gêne initiale qui allait de pair avec la rencontre de l'autre pendant un rencard.

Ils étaient déjà amis, déjà proches. Maintenant, ils le seraient encore plus. Il ne savait pas quand ils coucheraient ensemble, mais cela se produirait quand elle serait prête.

Il fronça les sourcils. Elle avait dit ne pas avoir de sensation sur les tétons, mais avait-elle perdu autre chose ?

Sloane devrait le lui demander franchement. Il était impossible qu'il lui fasse du mal s'il avait une chance de rendre les choses plus faciles pour elle sur le long terme. Peut-être qu'il pourrait faire des recherches sur ce que les autres avaient vécu pour être au fait des bonnes questions à poser. Étant donné qu'il savait grâce à sa propre thérapie pour le syndrome post-traumatique que tous les traitements et toutes les conséquences étaient uniques, Hailey ne serait pas un cas d'école. Mais au moins, il serait plus ou moins préparé quand et s'ils finissaient ensemble au lit.

Ils n'étaient pas jeunes, enfin lui, il ne l'était pas, donc il n'allait pas être comme un gamin nerveux à propos du sexe. Il s'assurerait qu'elle ait ce dont elle avait besoin et qu'il ferait de son mieux pour ne pas tout gâcher en lui faisant mal d'une façon ou d'une autre. Ce n'était pas qu'elle était différente des autres femmes avec qui il avait été, même si c'était un peu le cas puisqu'il s'agissait d'*Hailey*, mais il était juste sacrément effrayé. Il voulait faire en sorte de ne pas tout gâcher.

Curieusement, en une journée, il était passé de « rester sagement sur le côté », « être à ses côtés sans être avec elle » à une relation avec elle. Il ne savait pas s'il y avait une étiquette pour ce qu'ils vivaient, mais c'était au moins un nouveau pas dans une direction pour laquelle il n'était pas sûr d'être prêt.

Sloane se leva et passa une main sur sa tête, notant qu'il devrait bientôt se raser à nouveau. Il aimait la sensation de l'air sur son crâne, donc il continuait de le raser. Il avait commencé à le faire pendant son entraînement et il n'avait pas arrêté depuis. Cela ne semblait pas déranger Hailey, donc il avait poursuivi ainsi.

Aujourd'hui, il devait aller au travail et agir devant les autres comme si rien ne s'était passé. Bien sûr, ils avaient entendu la jeune femme faire irruption dans le bureau, mais au moins, ils avaient fait semblant de ne pas écouter. Il ne voulait pas que ses amies embêtent Hailey. Mais en même temps, il avait envie de lui demander ce qu'il y avait entre eux et de hurler au monde entier qu'il l'avait embrassée.

S'il n'était pas certain de son âge, de ses quarante ans ou presque, il aurait cru qu'il était un foutu adolescent qui embrassait la fille pour qui il avait un faible.

Néanmoins, Hailey était sa première, dans beaucoup de domaines, donc c'était logique.

La première amie dont il était tombé amoureux. La première femme avec qui il savait que ce serait sérieux en quittant l'armée.

Sa première... juste sa première chance avec Hailey.

Lorsqu'il arriva à *Montgomery Ink*, il avait mal à la tête à cause du trop-plein de pensées et du manque du café. Il n'en avait pas préparé chez lui et il n'était pas sûr de devoir aller à *Taboo* pour en prendre chez Hailey. Sérieusement, il se comportait encore comme un adolescent.

Quand il aurait le temps, il devrait simplement aller là-bas pour boire un café et la voir.

Les choses avaient changé et en même temps, elles étaient restées pareilles. Une fois qu'il se souvenait de ça, tout allait bien. Du moins, il l'espérait.

Sloane étira son dos en s'asseyant à son poste. Il avait trois rendez-vous ce jour-là, deux petits qui pouvaient être réglés un moins d'une heure et un autre qui lui prendrait une grande partie de l'après-midi. Celui-ci devait être parfait, il le savait. Non pas que son travail était autrement que parfait, mais celui de cette journée devait être meilleur que les autres.

Tandis que les artistes de *Montgomery Ink* faisaient tout genre de travail, ils avaient chacun une spécialité pour laquelle ils étaient connus. Sloane était devenu célèbre pour ses dessins en mémoire d'un disparu. Ceux qui avaient perdu un camarade en service venaient leur voir. Il avait fait des tatouages en souvenir de soldats tombés au combat. Des hommes, des femmes, des chiens. Et il en faisait également pour ceux qui souhaitaient se souvenir de leur unité en général.

Aujourd'hui, il dessinait un aigle et voulait s'assurer de faire les plumes comme il fallait. L'oiseau donnerait l'impression de s'envoler, ses ailes déployées, ses pattes pliées.

Il détestait et adorait faire ça en même temps.

Peut-être, juste peut-être que s'il pouvait aider les autres, il se débarrasserait du sang qu'il avait sur les mains. Seulement, il savait que ce n'était pas une option. Il savait qu'il l'aurait jusqu'à la fin de sa vie et il refusait de faire en sorte que ce temps soit court. Les hommes qui étaient tombés à ses côtés méritaient bien mieux que ce qu'ils avaient reçu, et Sloane n'acceptait pas d'abandonner quand eux n'avaient pas eu de chance.

Il soupira d'un air tremblant, repoussant les souvenirs. Généralement, ce n'était pas aussi mauvais, mais curieusement, il n'arrivait pas à sortir de cet état d'esprit.

Bien sûr, il en connaissait la raison et elle était à un mur de là, en train de travailler et probablement de sourire. Céder à la tentation lui avait provoqué quelque chose, avait brisé les barrières qui avaient tenu la panique loin de là.

— Alors... qu'est-ce qu'il s'est passé hier soir ? demanda Maya.

Il leva la tête pour la voir s'appuyer contre la table de son poste, haussant son sourcil percé.

Il s'enfonça sur sa chaise et plia les bras sur son torse. Plutôt que de répondre, il se contenta de la regarder fixement.

Elle plissa les yeux.

— Tu ne vas pas me répondre, n'est-ce pas ?

Il resta silencieux.

Elle leva les mains.

— Bien. Mais si tu lui fais du mal, je te botte le cul. Oh et si elle te fait du mal, je vais lui botter le cul. Je suis pour l'égalité des chances en termes de bottage de cul.

Sloane lui sourit.

— J'ai toujours admiré ça chez toi.

Maya lui adressa un doigt d'honneur puis retourna vers son poste, laissant Sloane seul avec ses pensées. Lorsqu'il aurait le temps, il devrait aller la voir et prendre un café. Il n'aimait pas ne pas savoir ce qu'il devait dire, d'où la raison pour laquelle la plupart des gens pensaient qu'il était silencieux. Il ne parlait que quand c'était important et qu'il connaissait les mots. *C'était* important. Mais il n'avait pas les mots.

Alors au lieu d'aller la voir à côté comme il en avait envie, il resta à sa place et attendit son premier client. Il finirait par y aller. Il ne pouvait pas se cacher d'elle.

Et c'était ce qui lui faisait peur.

Heureusement, la journée s'écoula rapidement et il se leva, faisant rouler son cou pour essayer d'évacuer la tension. Son ventre gronda et il jura. Curieusement, il avait réussi à rester toutes ses heures sans rien manger d'autre qu'une barre protéinée qu'il avait trouvée dans son bureau. Qui savait depuis quand elle était là ? Par le passé, Callie allait chercher à déjeuner pour toute l'équipe, mais maintenant qu'elle était une artiste à plein temps et plus une apprentie, elle était bien trop occupée. Autumn, la femme de Griffin Montgomery travaillait à l'accueil la plupart du temps, mais aujourd'hui, c'était son jour de repos. Cela signifiait qu'il devait aller acheter ses propres repas et ce jour-là, il n'avait pas eu le temps entre ses clients.

— Va chercher à manger ou rentre chez toi, lui dit Austin depuis son poste.

Sloane jeta un coup d'œil à son ami.

— Quoi ?

— Tu n'as pas mangé aujourd'hui et c'est vraiment stupide dans notre travail. Tu n'as pas de clients sur le registre et il n'y a pas tant de monde que ça qui vient sans rendez-vous. Maya, Callie et moi, on peut gérer le flux.

Sloane leva une main vers sa nuque.

— On a besoin de plus d'artistes.

Austin acquiesça.

— Je tâte le terrain pour trouver quelqu'un qui peut passer autant de temps que nous ici. Ou peut-être que je peux engager un nouvel apprenti.

Quatre artistes travaillaient dans la boutique à tour de rôle, mais ils n'étaient pas à temps plein puisqu'ils vivaient trop loin ou avaient un autre travail. Eux, ils avaient besoin d'un temps plein.

— Si j'entends parler de quoi que ce soit, je te le dirais, ajouta Sloane.

— Bien. Maintenant, va voir ta copine à côté et mange un morceau. Retourne chez toi et emmène-la avec toi. Ou au moins, pousse-la à rentrer chez elle. Je parie qu'elle est là depuis aussi longtemps que toi.

Sa copine.

C'était clair qu'il aimait cette expression. Mais était-ce la vérité ? Ils n'avaient pas vraiment discuté de ce qu'ils faisaient, à part qu'ils y allaient pas à pas. Le fait qu'elle lui ait dévoilé ses secrets était plus important pour lui que quoi que ce soit d'autre.

Sloane haussa la tête en direction de son patron, puis de sa patronne, avant de nettoyer son poste. Ensuite, il se dirigea vers *Taboo* en passant par la porte qui reliait les deux boutiques, puis s'arrêta après avoir fait deux pas.

Elle était magnifique.

Elle se mordit la lèvre en faisant de son mieux pour ne pas rire à ce que Sierra, la femme d'Austin, avait dit. Elle avait de la farine sur son tablier, mais autrement, ses vêtements étaient immaculés, ce qui ne ressemblait en rien à une femme qui ne s'était probablement pas assise depuis le début de son service.

Il avait toujours su qu'elle était forte, mais maintenant qu'il connaissait la vérité, il voyait la profondeur de cette force. Il était grand, il avait des mains énormes, un torse large, il était juste... *immense*. Il pouvait la briser s'il ne faisait pas attention.

Il savait qu'il pouvait la briser avec bien plus que sa force. La fragilité qui glissait sous la surface de sa peau n'était pas facile à voir, mais il la voyait. Elle pouvait être la femme la plus forte du monde et avoir toujours une certaine faiblesse.

Il ne pouvait pas lui faire du mal

Mais il le ferait peut-être.

Elle se tourna vers lui et sourit, même s'il y avait une certaine inquiétude dans son regard. C'était logique, après tout. Il n'était pas venu pour boire un café. C'était la première fois qu'ils se voyaient depuis qu'il avait quitté sa maison la veille au soir. Il n'était pas sûr de savoir s'il devrait aller vers elle, l'embrasser comme un fou, puis lui faire quitter le bâtiment en la passant par-dessus son épaule, ou rester là et la regarder de loin.

Il plongea ses mains dans ses poches et laissa son sourire se dessiner légèrement, juste pour qu'elle sache qu'il aimait la voir.

Sierra les regarda chacun à leur tour et sourit comme le Grinch à Noël. Elle se frotta joyeusement les mains. Bien sûr, il ne voyait ça que du coin de l'œil, puisque son attention était focalisée sur la blonde devant lui, la blonde qu'il voulait dans ses bras.

— Salut, dit-il.

— Salut.

Sierra claqua ses mains, cette fois-ci d'un air déterminé, et elle glissa de son tabouret.

— Salut, Sloane. Je vais chez Harry et Marie pour récupérer les enfants.

Elle sourit.

— Ils voulaient passer du temps avec leurs petits-enfants aujourd'hui. Hailey venait juste de me dire qu'elle arrêtait pour la journée puisque son équipe de fermeture est ici. Timing parfait.

Elle agita la main et dit au revoir avant de franchir la porte qui menait à *Montgomery Ink*, sans doute pour embrasser son mari avant de partir.

Cela laissait Sloane et Hailey se tenir d'un air gêné l'un devant l'autre, en silence.

La jeune femme s'éclaircit la gorge.

— Euh, ouais, je m'apprêtais à partir.

Il voulait qu'elle parte avec lui.

Nom de Dieu, il devait rester concentré.

À la façon dont elle rougit, il se rendit compte qu'elle avait pensé à la même chose. Intéressant.

— Tu veux aller manger un morceau ? demanda-t-il.

Son estomac gronda alors. Bruyamment. Il grimaça.

— Apparemment, j'ai vraiment besoin de manger.

Elle sourit et fit un signe vers le comptoir.

— Laisse-moi te servir un peu de ragoût. C'est celui que tu aimes. Je vais m'en prendre un bol, aussi.

Il croisa son regard.

— On peut le prendre à emporter ?

Elle scruta son visage pendant un moment, puis acquiesça.

— Oui, je peux le faire. Où est-ce qu'on va ?

Elle se mordit à nouveau la lèvre, son regard parcourant son corps, lentement.

— Chez toi, chuchota-t-il.

Elle prit une inspiration tremblante.

— Oh. D'accord.

Elle leva les yeux et se lécha les lèvres.

— On peut faire ça.

Elle se tourna à nouveau vers la cuisine et il déglutit difficilement.

Il ignorait ce qu'ils feraient une fois qu'ils seraient là-bas, mais il avait hâte de le découvrir. Elle revint rapidement, sa veste et un grand sac à la main. Il lui prit et leurs doigts s'effleurèrent.

Ils inspirèrent tous les deux profondément et il fut obligé de sourire.

— Je vais te suivre, déclara-t-il doucement avant de se pencher pour déposer un baiser contre ses lèvres.

Elle s'appuya contre lui et il dut retenir un grognement. Ils étaient en public, dans son magasin, là où elle faisait son business. Ça ne serait pas l'idéal s'il la prenait par la taille et la posait sur le comptoir pour avoir un meilleur angle en l'embrassant.

Il devrait attendre qu'ils soient seuls, pour ça.

Lorsqu'il recula, elle se lécha à nouveau les lèvres.

— On se retrouve chez moi, souffla-t-il.

Elle prit sa main et le mena vers le parking.

Le soulagement qui l'envahit fut entêtant. Il avait eu peur qu'ils doivent se cacher puisque leur relation était si nouvelle, mais ce n'était pas le cas. Il n'y avait pas réfléchi à deux fois avant de se pencher vers elle et de l'embrasser quand il l'avait vu, et il était vraiment chanceux qu'elle n'ait pas reculé immédiatement.

Ils devaient parler, mais d'abord... d'abord, il avait besoin de sentir son goût.

Dès qu'ils entrèrent dans la maison, elle verrouilla la porte derrière lui et appuya son dos contre le bois.

— Tu as faim ? demanda-t-elle.

Il acquiesça, mais posa le sac sur la table de l'entrée.

— Oui. Mais je pense que la nourriture peut attendre.

Elle lui sourit alors.

— Bien.

Il prit son visage en coupe, puis écrasa sa bouche contre la sienne. Ses lèvres s'entrouvrirent pour lui et il mêla sa langue avec la sienne, leurs gémissements résonnant et partant directement vers son sexe. Elle posa les deux mains sur son dos, ses ongles s'enfonçant dans sa veste en cuir usée.

Ça ne serait pas suffisant.

Il voulait la *sentir*. Il s'éloigna et enleva sa veste, la jetant par terre avant de faire la même chose avec elle.

— Tu en as envie, Hails ? demanda-t-il d'une voix haletante.

Il avait besoin de savoir avant d'aller plus loin.

Elle tendit la main, lui mordilla le menton, lui envoyant un électrochoc dans la colonne vertébrale.

— Oui. Je te veux. J'ai envie de toi depuis des

années. Je voulais que tu viennes me voir aujourd'hui et m'embrasse pour me dire bonjour, mais je suis ravie que tu ne l'aies pas fait. Si c'était le cas, je t'aurais emmené dans mon bureau et tu m'aurais prise là-bas, directement. Ce n'était probablement pas la meilleure façon d'essayer de faire mon boulot.

Il la regarda fixement pendant un moment, puis rejeta la tête en arrière et rit.

— Nom de Dieu, je suis tellement heureux de ne pas travailler seul. J'ai tenté de te chasser de mes pensées pendant si longtemps, mais ça n'a pas fonctionné. Quand je me demandais si je devais venir de ton côté ou non, j'imaginais ce que je voulais te faire dès que je te verrais. C'est mal, Hails. J'ai tellement envie de toi que je ne sais pas si je peux être doux.

— Sloane...

Il passa ses mains sur sa cage thoracique et s'arrêta juste en dessous de sa poitrine.

— Tu dois me dire quoi faire, Hails. Je ne veux pas te faire de mal.

— Tu ne peux pas me faire de mal, chuchota-t-elle.

Néanmoins, ils savaient tous les deux que ce n'était pas vrai. Mais ils n'en parlèrent pas. Ils ne le pouvaient pas.

Lorsqu'il avança pour saisir ses seins, elle prit une brusque inspiration.

— Dis-moi quoi faire.

La sensation sous sa main n'était pas différente que ce qu'il s'était imaginé, mais bon sang, il avait peur de lui faire.

— Ce que tu es en train de faire. Je ne suis pas en sucre, Sloane.

Il se pencha en avant et appuya sa bouche contre la tempe de la jeune femme.

— Tu es bien plus solide qu'un morceau de sucre, mais je veux que ce soit agréable pour toi.

— Je suis presque sûre que le contraire est impossible.

Il l'embrassa dans le cou et elle inclina la tête pour lui donner un meilleur accès.

— Je ne vais pas te faire l'amour pour la première fois contre une porte. La première, ce sera dans ton lit.

Il l'embrassa à nouveau.

— La prochaine fois, ça peut être contre la porte. Ou sur la table. Ou dans la douche.

Elle laissa échapper un soupir tremblant.

— Je comprends que tu as tout prévu.

— Pas vraiment, mais j'ai réfléchi à tout ça.

Elle inclina la tête pour croiser son regard.

— Moi aussi.

Il pressa sa bouche contre la sienne et enleva sa main de sa poitrine. Alors qu'elle enroulait ses bras autour de son cou, il tendit la main pour saisir ses fesses et la soulever. Elle laissa échapper un couinement contre sa bouche et il l'embrassa davantage. Lorsqu'il avança vers sa chambre, elle enroula ses jambes autour de sa taille, sa chaleur appuyée contre lui.

Merde. Il n'allait pas durer longtemps.

Dès qu'il arriva dans la chambre, il la posa et s'éloigna pour étudier son visage.

Elle se mordit la lèvre, puis tira sur le bas de son tee-shirt.

— Je... Je n'ai connu qu'un homme depuis les opérations. Je sais que tu n'as pas envie d'entendre parler d'autres mecs, mais je veux m'assurer que tu es au courant que tu n'es pas le premier à voir mes cicatrices, à part le médecin.

Elle se pinça les lèvres.

— Tu seras le deuxième, en fait.

Il grinça des dents en l'imaginant avec un autre homme, mais il repoussa cette idée aussi vite que possible. Elle lui disait cela pour une raison et il comprenait, mais cela ne voulait pas nécessairement dire qu'il appréciait. À cause de la façon hésitante dont elle bougeait, il avait le sentiment que le crétin avant lui n'avait pas bien fait le boulot. Sloane serait maudit s'il ne faisait rien pour que ça ne se reproduise pas.

— Comme je l'ai demandé, dis-moi quoi faire.

— Fais-moi simplement l'amour, chuchota-t-elle.

Sur ces mots, elle passa son tee-shirt au-dessus de sa tête et souffla. Il pouvait voir les cicatrices sur son ventre, celles des cathéters sur sa poitrine. Le soutien-gorge qu'elle portait en couvrait une majeure partie, mais on voyait bien qu'elle s'était fait opérer.

Il s'avança, puis posa une main dans son dos vers l'attache de son sous-vêtement. Il se pencha et l'embrassa doucement. Lorsqu'il le détacha, elle bougea ses bras pour que le soutien-gorge tombe par terre entre eux, s'emmêlant avec ses pieds.

— Ce n'est pas joli, dit-elle d'une voix plus forte qu'auparavant. Mais il m'a fallu un moment pour me rendre compte que j'étais belle malgré les cicatrices.

Sloane s'éloigna et la regarda dans les yeux avant d'observer sa poitrine. Son cœur se serra à la vue de ce qui avait failli la tuer.

— Tu es belle *avec* les cicatrices, Hailey.

Et c'était vrai. Son chirurgien avait fait un travail formidable, mais même si ses seins n'étaient pas définis aussi précisément qu'auparavant, elle était belle.

De longues balafres séparaient en deux chacun de ses seins et de plus petites se voyaient sur le côté. Une partie de sa peau s'était creusée ou amassée tandis que les muscles en dessous avaient été mis à l'épreuve pendant sa guérison.

— Je n'ai pas la même allure qu'avant.

Il inclina la tête vers elle et acquiesça.

— Tout le monde change. Tu ressembles à une vraie survivante, Hailey. C'est tout ce qui compte pour moi. Tu comprends ? Tu es *ici*. Tu es ici pour être avec moi, et c'est tout ce que je sais. Tu es en vie, tu respires, tu *prospères* carrément. Que pourrais-tu demander de plus ? Tu n'as pas de tétons, et alors ? Tu es *ici*.

Les larmes remplirent ses yeux et elle leva la main pour les essuyer. Il lui saisit rapidement avant de les sécher lui-même.

— Je ne vais pas te mentir, Hailey. Je ne vais pas faire ça. Je sais que tu n'as pas la même allure qu'avant, mais merde, moi non plus.

Il recula et enleva son tee-shirt. Des cicatrices couvraient son dos et ses flancs, ainsi qu'une majeure partie de son torse. Des balafres chirurgicales, des vestiges dus à des coupures et à des abrasions, et quelques marques de brûlures étaient éparpillées sur sa peau.

— Oh, Sloane…

Elle tendit la main et effleura du bout des doigts la plus grande, un mélange de brûlures et de cicatrices irrégulières.

— Je l'ignorais.

Il haussa les épaules, mais posa ses doigts sur les siens avant de tirer sur sa paume pour qu'elle finisse sur son cœur.

— Je les ai cachées comme tu as dissimulé les tiennes. Il n'y a aucune raison pour que les autres le sachent, ils seraient bouche bée et ignoreraient ce qu'ils devraient ressentir. Mais tu n'es pas n'importe qui. Tu es Hailey. Nous sommes tous les deux marqués, mais nous sommes *ici*.

Et ceux qu'il avait laissés derrière lui n'étaient plus là.

Mais il n'y penserait pas maintenant.

Pas quand il avait Hailey devant lui, le corps et l'âme à nu.

— Tu m'en parleras ? demanda-t-elle.

Au début, il croyait qu'elle évoquait les hommes qu'il avait perdus, mais il comprit qu'elle parlait des cicatrices. Bien sûr, cela allait de pair, dans un sens, et il savait qu'il finirait un jour par tout lui raconter, il n'aurait pas le choix.

— Pas maintenant. Laisse-moi d'abord t'aimer.

— D'accord, répondit-elle. Je vais te prendre au mot.

— Laisse-moi te serrer contre moi.

Sloane l'embrassa à nouveau, faisant glisser ses lèvres dans son cou avant de s'agenouiller devant elle. Le corps d'Hailey trembla, néanmoins, elle posa ses mains sur ses épaules. Lorsqu'il embrassa son sein gauche, à l'endroit où résidait la cicatrice, il sentit la première larme heurter son crâne. Il continua, embrassant chaque balafre, chaque marque qui lui avait tant coûté, mais qui l'avait finalement sauvé. Sans la douleur, sans les stigmates, il l'aurait perdu avant même de l'avoir. Et il n'oublierait jamais ça.

Bien qu'Hailey ne puisse pas sentir ses baisers de la même façon qu'elle les aurait sentis auparavant, il voulait l'aimer de toutes les façons possible. Ils allaient tous les deux jouir ce soir, ils feraient l'amour jusqu'à être épuisés, mais d'abord, il avait besoin d'aimer son corps.

Tout son corps.

Il était peut-être trop grand, trop blessé, trop hanté, mais il ferait en sorte que ce soit spécial pour elle.

Il ne pouvait pas être nul avec elle, jouer comme il l'aurait fait avec une autre femme, mais il y avait encore des choses qu'il pouvait faire. Lorsqu'il posa ses lèvres sur sa poitrine, puis son ventre, elle mit les mains sur sa tête, le rapprochant d'elle.

Il recula et sourit.

— Je parie que tu aimerais que j'aie des cheveux pour t'y accrocher, là.

Elle renifla, même si ses yeux sombres étaient remplis de désir.

— Je... j'ai *senti* ça, Sloane. Ce n'était pas... ce n'était pas comme avant, mais quand tu m'as embrassée...

Il se releva brusquement et écrasa ses lèvres contre les siennes. Elle haleta et appuya son corps contre le sien. Son sexe rigide se balançait contre son ventre et il grogna.

Quand il s'écarta, il les emmena tous les deux vers le lit et baissa le jean de la jeune femme dans un rapide mouvement. Elle s'exclama, puis rit lorsqu'il se prit dans ses chaussures.

Il ricana, puis les enleva avant de jeter son pantalon de l'autre côté de la pièce.

— La prochaine fois, on laisse nos chaussures devant la porte.

Elle croisa son regard.

— Marché conclu.

Il enleva rapidement ses vêtements (les chaussures en premier) et grimpa sur le lit à côté d'elle. Ils s'embrassèrent à nouveau, leurs mains parcourant le corps de l'autre jusqu'à ce qu'ils soient tous les deux à bout de souffle. Lorsqu'elle voulut saisir son érection, il l'en empêcha.

— Si tu me touches maintenant, je vais gâcher le reste de notre nuit.

Il grogna quand elle glissa son pied le long de son mollet.

— Je ne suis plus aussi jeune que je l'aie été.

— J'ai oublié que je sortais avec un homme plus âgé.

Il la relâcha, se contentant de passer la main derrière elle pour lui mettre une fessée.

— Insolente.

— Tu le sais bien.

Sloane se lécha les lèvres avant de jurer, puis de se lever et d'aller chercher dans son portefeuille le préservatif qu'il avait pris.

— Il est toujours bon ? demanda-t-elle.

— Oui, répondit-il.

Il revint vers elle en déroulant le préservatif sur sa longueur.

— Je l'y ai mis ce matin.

— Tu ne serais pas imbu de ta personne ? le taquina-t-elle.

Il couvrit son corps avant d'appuyer l'extrémité de son sexe contre son entrée.

— C'est un bout de ma personne que tu vas sentir.

Elle grogna.

— Ta blague était nulle, Sloane.

— C'est vrai, mais tu vas quand même le sentir. Entièrement.

Sur ces mots, il l'embrassa à nouveau, donnant un coup de reins et l'emplissant en un mouvement.

Ils grognèrent tous les deux, leurs corps tremblants.

— Tu es... plus gros que je le pensais.

Il ne put s'empêcher de sourire.

— Merci.

Il l'embrassa.

— Et tu es sacrément serrée.

— Merci, le taquina-t-elle avant de haleter quand il bougea.

Ils entrelacèrent leurs doigts et il garda son regard rivé sur elle. Ses yeux s'assombrirent et sa bouche s'entrouvrit quand ils firent l'amour, lentement, éternellement. Ce serait différent à un autre moment, ce serait plus dur, plus chaud et serait comme ils en avaient besoin. Mais pour l'instant, pendant ce moment, ils furent *eux-mêmes*.

Il n'était pas un poète, il n'était pas connecté avec ses sentiments, mais avec Hailey sous lui, sa confiance et son corps dans ses bras, littéralement, il eut l'impression qu'il pouvait mourir tout de suite et trouver le paradis.

Même s'il ne voulait pas la laisser, même s'il ne voulait pas la perdre.

Alors qu'il donnait un autre coup de reins, les parois internes de la jeune femme se serrèrent autour de lui comme un étau et il jouit avec elle, leurs cœurs battant à l'unisson, leurs souffles sortant difficilement.

Elle était à lui, rien que pour un moment.

Et s'il faisait suffisamment d'efforts, il ne gâcherait peut-être pas tout. Mais il se connaissait, il connaissait son passé.

Il avait envie d'elle, il voudrait *ça* jusqu'à ses derniers jours, mais il était Sloane Gordon et il n'avait pas le droit aux fins heureuses.

Il n'en avait jamais eu… et n'en aurait jamais.

CHAPITRE 5

HAILEY ÉTAIT COURBATURÉE, dans toutes les bonnes zones, et elle n'avait plus toute sa tête. Sloane et elle avaient fait l'amour encore deux fois la veille, malgré le fait que Sloane dise qu'il n'était plus un jeune homme. Il avait peut-être une décennie de plus qu'elle, mais il n'y avait rien de vieux dans ses mouvements.

Elle avait toujours su qu'ils seraient explosifs au lit, il était impossible qu'un mec bâti comme Sloane, si doué de ses mains ne soit pas génial. Toutefois, elle ne s'était pas imaginé que ce serait *si...* torride.

Il avait été si lent et si prudent au début. Chaque baiser, chaque souffle étaient remplis de plaisir et tendrement douloureux. Alors qu'ils s'exploraient l'un, l'autre, leur chaleur augmenta et devint... de la lave en fusion.

Sa tête lui faisait mal quand elle pensait comme cela avait été doux et sexy.

Et maintenant, elle ignorait totalement ce qu'elle allait faire.

Ils n'avaient pas évoqué ce que tout cela signifiait, ce que leur avenir réservait, parce que ce serait trop important. Ils y allaient doucement. Enfin, aussi doucement que possible, puisqu'ils avaient déjà couché ensemble. Mais elle devait se souvenir qu'ils se tournaient autour depuis des années.

Tomber dans le lit de l'autre était inévitable.

Tomber amoureux de lui l'était également.

Si seulement elle pouvait savoir s'il tomberait amoureux d'elle.

Bien qu'elle lui ait exposé ses secrets, il n'avait pas fait la même chose avec elle et cela ne lui avait pas échappé. Elle avait le sentiment que cela avait un rapport avec les cicatrices qui marquaient son corps, dont la décadence la surprenait. Il avait été blessé. Sérieusement. Et elle avait ignoré auparavant la profondeur de cette douleur. Elle le voulait et priait pour qu'il lui raconte ce qu'il s'était produit.

Mais ça n'arriverait pas à moins qu'il soit prêt.

Ce n'était pas parce qu'elle avait été prête à lui

parler enfin de son passé qu'il l'était également. Ce n'était pas juste pour elle de lui imposer son rythme en fonction de ses besoins. S'ils continuaient ainsi, de façon sûre et calme, avec un peu de chance, il se sentirait en confiance pour tout révéler.

Elle espérait qu'il s'ouvrirait un peu plus chaque jour et qu'il serait l'homme qui, elle le savait, pouvait exister sous cet extérieur bourru.

Pourtant, elle ignorait s'ils avaient un véritable avenir, puisqu'ils n'en avaient pas *discuté*. Et cela l'irritait au plus haut point. Elle était une boule de nerfs, ce qui ne lui ressemblait pas. Elle n'était pas certaine de savoir ce qu'elle faisait.

— D'accord, ma fille, si tu continues de rester dans un coin avec ton air de chien battu, je vais devoir te botter le cul, déclara Maya en souriant.

Hailey ricana, puis secoua ses bras.

— Pardon, ma belle, je suis un peu patraque ce soir.

— Sans déconner, répondit simplement Maya.

Elle tendit son verre de margarita rempli à ras bord.

— Tu conduis, donc tu prends un cocktail sans alcool. En fait, j'ai *seulement* concocté des margaritas glacées à la fraise et sans alcool ce soir. Bon sang, comme les temps ont changé.

Sierra leva les yeux au ciel quand elle engloutit sa boisson rose, féminine et sans alcool.

— On doit tous rentrer et se préparer pour le travail demain, et passer du temps avec nos familles. Sinon, on aura un millier d'autres choses à faire.

Hailey prit son verre et alla s'asseoir à côté de Miranda.

— Plus ou moins, ajouta Miranda. Decker et moi n'avons peut-être pas d'enfants, mais j'aime toujours le voir le soir.

— Et vous aimez vous entraîner à les faire, ces bébés, la taquina Callie.

— Je n'ai pas besoin d'imaginer Miranda s'entraîner à faire des bébés, déclara Meghan en souriant. Même si Luc et moi, on le fait autant que possible.

— Pétasses, marmonna Maya.

— Tu es juste jalouse parce qu'on s'envoie en l'air, répondit Autumn avec un doux sourire.

Maya lui jeta un oreiller, manquant de peu son verre.

— Fais gaffe, ma belle, tu vas tacher le canapé, lui fit remarquer Hailey.

— Moi aussi, je te déteste, dit Maya en plissant les yeux. Je connais ce rouge sur tes joues et le déhanchement dans la démarche de Sloane. Vous couchez ensemble. Il était temps.

Hailey releva son menton.

— Oui, j'ai couché avec lui. Pas la peine de le cacher. J'ai eu des ébats torrides, obscènes et pleins de sueur et je prévois de recommencer.

Ça au moins, c'était une chose qu'elle savait sur sa relation.

Les filles couinèrent et agitèrent leurs fesses sur leurs chaises.

— À Hailey et Sloane ! cria Maya. À leurs ébats glorieux, même si moi je ne m'envoie pas en l'air !

— Youhou ! hurlèrent les autres.

Hailey leva les yeux au ciel, mais but une gorgée de son verre, en se disant qu'elle aimerait qu'il y ait de l'alcool.

— Tu sais, Maya, tu pourrais t'envoyer en l'air. Je dis ça comme ça.

Maya lui lança un sourire qui ne se reflétait pas vraiment dans ses yeux et Hailey voulut se maudire. Elle fit de son mieux pour ne pas regarder la femme assise actuellement à côté de Maya.

Holly était la petite amie de Jake. Sa petite amie sérieuse, vraisemblablement. Maya et Jake étaient meilleurs amis, même si le monde entier pensait qu'il y avait plus que ça. Apparemment, tout le monde se trompait et Maya faisait de son mieux pour qu'Holly soit intégrée dans le groupe. Seulement, même si elle était douce et adorable, elle n'y arrivait pas vraiment. Enfin, personne dans le groupe ne le lui faisait ressentir. Les Montgomery et leur équipe n'étaient pas des salauds.

Même si Hailey voulait en savoir plus sur ce qu'il se passait à ce niveau-là, elle savait qu'elle avait besoin de penser à autre chose. Elle avait demandé aux filles (Sierra, Callie, Maya, Holly, Miranda, Meghan, Autumn et Tabby) de se retrouver afin de leur annoncer ce qu'elle aurait dû leur dire long-temps auparavant. Autumn était nouvelle dans leur cercle d'amis, et elle avait récemment trouvé l'amour auprès de Griffin Montgomery, et Holly était simple-ment arrivée parce qu'elle traînait avec Maya. Toute-fois, Hailey se moquait qu'elles soient là. Elles s'étaient toutes réunies chez Maya, puisque c'était là qu'elles se retrouvaient habituellement, là ou à *Taboo*. Maya n'avait pas d'enfant et elle avait un grand salon avec beaucoup d'espace où s'asseoir. En plus, elle avait un mixeur génial pour les cocktails.

— D'accord, maintenant que Maya se sent mal sur l'état de sa vie sexuelle, pourquoi ne nous dis-tu pas la raison pour laquelle on devait toutes se réunir, demanda Callie ?

Hailey souffla.

— C'est comme si tu lisais dans mon esprit. Je l'ai déjà dit à Sloane, mais je voulais que vous soyez au courant. Chacune d'entre vous. C'est quelque chose que j'aurais dû vous expliquer bien avant.

Miranda se pencha vers elle.

— Qu'y a-t-il ?

— Il y a sept ans, on m'a diagnostiqué un cancer du sein.

Elle leur raconta l'histoire comme elle l'avait fait avec Sloane, en allant droit au but. Pourtant, cette fois-ci, cela ne sembla pas si compliqué, comme si l'avoir déjà dit une fois à voix haute rendait la chose plus facile.

Les autres pleuraient, et s'avançaient vers elle pour la serrer dans leurs bras. Elle laissa les larmes couler également, les femmes dans cette pièce étaient sa famille de cœur, pas de sang. Elle avait perdu tous ceux qui étaient proches d'elle, mais au moins, elle avait ces femmes, et les hommes du groupe aussi. Ils l'aimaient tous.

Elle avait Sloane, aussi. Elle devait s'en souvenir. Tant qu'ils ne gâchaient pas l'amitié qu'ils avaient, elle y arriverait. Elle le *pouvait*.

Lorsque Meghan prit son visage en coupe et

l'embrassa sur la joue, Hailey arrêta de penser à Sloane et revint au présent.

— Pourquoi tu ne nous l'as pas raconté avant ? demanda l'autre femme. Pourquoi portes-tu ce fardeau toute seule ?

Hailey se pinça les lèvres.

— Je ne sais pas. Au début, j'apprenais à vous connaître et ensuite, c'est devenu difficile de l'évoquer. Enfin, je ne voulais pas le cacher non plus.

Elle souffla quand Meghan fit un pas en arrière.

— Mais puisque j'en parle, faites-vous examiner, les filles. Ça m'a sauvé la vie. Si vous sentez une grosseur, faites une biopsie. Agissez. Vos médecins ne sauront peut-être pas tout, tout de suite, alors posez les questions difficiles. Compris ?

Les autres acquiescèrent puis tout le monde s'enlaça, ce qui apaisa Hailey.

— Je vous aime les filles. Je voulais juste vous le dire.

Elle hoqueta en riant, puis recula pour sécher ses larmes.

— Et sur ces mots, je pense que je vais rentrer à la maison pour prendre un bon bain chaud. Je voulais simplement que vous soyez réunies au même endroit pour vous le dire. Je sais que vous avez toutes des familles et un travail à retrouver. Mais, oui...

Elle leur dit au revoir quand le groupe se sépara et essuya ses larmes. Cela avait été difficile, beaucoup plus difficile, de l'avouer à Sloane, mais elle était ravie d'en avoir informé les autres. Elles le diraient à leurs hommes, aux Montgomery, et Hailey n'aurait plus tous ces secrets.

Elle était libre.

Libre de rentrer à la maison seule et de découvrir ce qu'elle allait faire avec Sloane. Dix minutes plus tard, elle entra chez elle et resta dans le salon, un peu trop perdue pour être à l'aise. Et si elle gâchait tout. Et si lui le faisait ? Pourquoi avait-il si peur de ce qu'il pourrait arriver avec lui ? Il l'aimait comme elle était, mais s'il commettait une erreur ? Et si cela gâchait ce qu'elle avait eu avec lui auparavant... avant les Montgomery. Et si...

Elle se maudit.

Elle s'obligeait à avoir des pensées inutiles pour le moment. Cela ne lui ressemblait tellement pas qu'elle détestait ça.

On frappa à sa porte, ce qui la surprit. Elle regarda par le judas. Dès qu'elle vit la grande silhouette de Sloane, elle se détendit, quand son corps se réchauffa en pensant à lui.

— Salut, dit-elle une fois qu'elle ouvrit la porte.

Il avait un pack de six bières dans sa main, une pizza dans l'autre et un sourire sur le visage.

— J'ai entendu dire que ta soirée entre filles s'était terminée plus tôt. Ça te dit de regarder un film ?

Elle recula et toucha son ventre musclé quand il passa.

— D'accord, dit-elle simplement.

D'accord. Tout irait bien. Si elle ne réfléchissait pas trop, tout se passerait bien.

Ils n'avaient pas le choix.

La chaleur de la bombe écorcha sa peau et il cria. Il ne pouvait pas bouger, ne pouvait pas respirer. Le poids d'une partie de son Humvee poussait contre son torse et il posa ses mains sur le bord, grognant quand sa chair fut brûlée.

Il se tourna sur le côté, son corps se figeant en voyant ce qui n'aurait jamais dû se produire.

Les cinq autres hommes à ses côtés le regardaient fixement avec des yeux vides, leurs bouches grand ouvertes, leurs mâchoires déboîtées comme s'ils criaient en silence. Ils tendaient la main vers lui, s'ac-crochant à son corps alors qu'il essayait de se libérer.

Mais il ne pourrait jamais le faire.

Les chaînes de sa mémoire, de sa culpabilité parce qu'il avait survécu et avait trouvé un bonheur qu'il n'était jamais censé avoir, se resserrèrent autour de sa poitrine, de son cou, de son ventre. Il commença à suffoquer. Les cinq corps reprirent leur forme normale, de jeunes hommes sans espoir dans leur regard, seulement la mort. Ils étaient trop jeunes pour boire de l'alcool, mais assez vieux pour mourir dans ses bras.

Sloane se réveilla à nouveau, tremblant.

Merci, mon Dieu, il avait dormi chez lui cette nuit. Ils n'étaient pas encore à l'étape où il dormait chez Hailey même s'ils avaient déjà passé plusieurs nuits ensemble. Il connaissait assez bien ses rêves pour savoir qu'il ne pouvait prévoir quand ils se produiraient. Il ne voulait pas qu'Hailey en soit témoin, ou plutôt qu'elle le voie pendant qu'il les avait. Et que Dieu le préserve d'un réveil en sursaut, haletant, il n'arriverait pas à en gérer les consé-quences.

Cela faisait quelques années qu'il n'avait pas parlé à un professionnel, mais il était peut-être temps d'en revoir un. Il n'avait pas peur des psys, mais parfois ceux qui n'étaient pas allés à la guerre ne comprenaient simplement pas. Ils avaient dit ce qu'il fallait, acquiesçant quand c'était nécessaire, mais jusqu'à ce qu'ils voient leurs amis mourir ou un enfant se prendre une balle dans la tête parce qu'il avait traversé la rue au mauvais moment, ils ne pourraient pas comprendre.

Ça allait, la plupart du temps. En fait, il était en bien meilleure forme qu'auparavant. Il pouvait rester dans des salles bondées, gérer le bruit. Ses symptômes arrivaient plus tard, dans ses rêves. Ce n'était pas aussi horrible pour lui que pour d'autres gars, mais il avait des cauchemars et parfois, il avait des sueurs froides, même en pleine journée et cela ne disparaîtrait peut-être jamais. Il n'avait jamais été violent, il devait parfois boxer pour soulager son stress, mais il était déjà ainsi avant d'avoir vu ce qu'il avait vu, fait ce qu'il avait fait. Avant d'être avec Hailey et de dévoiler une part de lui qu'il n'était pas prêt à affronter... il n'était pas prêt à ce que la jeune femme le voie ainsi.

Il ne se réveillait pas souvent en nage, mais cela pouvait arriver s'il n'était pas prudent. Tout n'était pas qu'arc-en-ciel et licorne. Les choses ne s'amélioraient pas tout simplement. Et même s'il avait la capacité de faire une introspection et savait qu'il avait mal, qu'il devait aller de l'avant, ça n'allait pas se régler du jour ou lendemain. Ça n'arriverait peut-être jamais.

Et c'était une chose avec laquelle il devait vivre.

Mais il ne pouvait pas forcer la femme qu'il aimait à le vivre également.

Il avait des frères qui avaient traversé bien pire. Il savait que d'autres personnes avaient vécu l'enfer. Avec le stress post-traumatique, n'importe qui ne pouvait pas mettre un petit ruban sur sa poitrine et dire qu'il soutenait la lutte. C'était quelque chose qui affectait bien trop de monde et pourtant, des gens qui ne comprenaient rien lui disaient simplement de passer à autre chose.

Il ne passerait pas à autre chose.

Et bon sang, s'il le pouvait, qu'arriverait-il ? Oublierait-il ses frères ? Oublierait-il ceux qu'il avait perdus ?

Il grogna contre lui-même, frustré par le chemin que ses pensées avaient pris.

Merde alors.

Il sortit du lit et s'avança jusqu'à la douche. Il tourna le robinet pour que ce soit aussi chaud que possible en restant supportable, et il laissa la vapeur remplir la pièce le temps qu'il fasse un tour aux toilettes et se lave les dents. Puis il avança pour se mettre sous le pommeau, essayant de nettoyer sa culpabilité et les péchés qui le recouvraient.

Si seulement Hailey était avec lui. Elle l'aiderait. Chaque fois qu'il était profondément en elle, il oubliait la douleur et ne pensait qu'à la jeune femme. Puisqu'il l'avait en tête, son sexe se durcit et palpita. Il le prit dans son poing, son esprit partant dans mille directions différentes, mais Hailey passait au premier plan. Il songea à sa chaleur, à la façon dont elle s'exclamait quand elle jouissait, quand elle plongeait ses ongles dans son dos. Il posa une main contre le mur de la douche et donna des coups de reins entre ses doigts, serrant la base et tordant sa main dans des mouvements rapides.

Alors qu'il l'imaginait cambrer le dos, ses doigts dans l'intimité de la jeune femme tout en la regardant, il eut un orgasme.

Violent.

Des jets de semence tombèrent sur la paroi de la douche puis glissèrent dans l'eau refroidissant.

Il fit un pas tremblant en arrière, puis rugit. Il donna un coup de poing dans le mur, ses doigts glissant sur le carrelage mal posé. La douleur fit un ricochet dans son bras et il n'était pas sûr de savoir s'il s'était brisé la main ou non, mais il s'en moquait. Il se fichait de tout. Il était sale, taché.

Marqué de biens des façons. Il venait juste de baiser sa main, pensant à une femme qui était trop bien pour lui.

Il ne valait rien. Il n'était qu'un homme qui aurait dû mourir avec ses camarades au lieu de continuer à vivre... à vivre pour l'aimer.

Ce n'était pas juste pour ceux qui avaient été perdus.

Ce n'était pas juste pour elle.

Alors qu'il éloignait sa main du carrelage, il grimaça. Le sang coula sur sa peau et partit dans les égouts en dessous. Il contracta ses doigts, mais ne sentit rien de plus qu'une douleur brûlante, donc il se dit qu'il avait été vraiment chanceux. Il était tatoueur, bon sang. Il travaillait tous les jours avec ses mains et il aurait facilement pu tout gâcher dans une rage aveugle.

Et que se passerait-il s'il gâchait tout avec Hailey encore une fois, hein ?

Il devrait la quitter avant qu'ils deviennent trop proches. S'ils se séparaient trop tôt plutôt que trop tard, il y aurait encore des morceaux à récupérer pour qu'ils puissent avoir un semblant d'amitié.

Mais tout d'abord, il allait l'aider avec son tatouage. Il le ferait parce qu'il était un salaud et qu'il était assez égoïste pour vouloir que ce soit *lui* qui marquerait son corps... même s'il ne pouvait marquer son âme.

Pas de la façon dont ils en avaient tous les deux besoin.

Il n'était pas assez bien pour ça. Et une fois que Hailey s'en rendrait compte, tout serait perdu.

Et Sloane serait seul.

Où il le méritait.

Encore.

CHAPITRE 6

QUELQUE CHOSE CLOCHAIT CHEZ SLOANE, mais Hailey ne comprenait pas quoi. Elle passa ses mains sur ses cuisses, gardant les yeux sur lui alors qu'il regardait fixement son carnet de croquis. Il avait peut-être fait ce qu'il fallait, il n'avait rien fait de mal non plus, mais quelque chose n'allait pas dans ses yeux, comme s'il n'arrivait pas à croire ce qu'il disait.

Ou peut-être qu'elle réfléchissait trop. Elle le faisait tout le temps.

Toutefois, il y avait une certaine tension dans ses épaules, qui n'était pas là auparavant.

Il y avait une grossièreté dans sa voix qui l'effrayait.

Pas d'une façon douloureuse, mais d'une

manière qui signifiait... qu'il était brisé. Elle ne l'avait jamais entendue, pas même pendant les jours où il s'enfermait dans son bureau de *Montgomery Ink* et se concentrait sur ses croquis plutôt que le monde. Il le faisait pendant des heures quand il n'avait pas de clients, puis venait à *Taboo*, ayant besoin de café et de nourriture. Elle prenait soin de lui et s'assurait qu'il ait assez d'énergie pour rentrer chez lui, mais même dans ces moments-là, l'obscurité dans son regard n'avait pas été comme maintenant.

Elle ne comprenait pas.

Cela n'aurait pas pu être à cause de ce qu'elle avait fait, parce que bon sang, elle n'avait rien fait. Et elle n'était pas le genre de personnes à s'en vouloir immédiatement pour toutes les choses qu'elle faisait. Mais il l'effrayait suffisamment pour qu'elle commence à se demander si peut-être, elle avait commis une erreur.

Et cela l'inquiétait.

— Il y a une raison pour laquelle tu te tiens à côté de moi comme si tu attendais quelque chose ? s'enquit Sloane.

Il y avait un sourire dans sa voix. Peut-être pas aussi brillant qu'il l'avait été les jours précédents, mais c'était quelque chose. Il posa son crayon et se tourna vers elle. Il ouvrit les bras et elle se glissa entre eux, passant les siens autour de son cou.

— Je ne savais pas quoi faire de mes mains, répondit-elle.

Elle croisa son regard et fit de son mieux pour tenter de découvrir ce qui n'allait pas, mais ça n'arriverait pas à moins qu'elle lui pose la question.

Connaissant Sloane, il ne le lui dirait pas.

La bouche du jeune homme se tordit dans un sourire et il baissa les mains pour saisir ses fesses.

— Je sais ce que je peux faire avec les miennes, Hails. Pourquoi n'explores-tu pas avec les tiennes et découvrir ce que tu peux faire ?

Elle leva les yeux au ciel, mais l'embrassa tout de même, un doux baiser qui se mua en quelque chose de plus chaud, de plus profond. Les mains de Sloane se plaquèrent sur ses fesses, la rapprochant encore plus de lui quand ils s'embrassèrent. Lorsqu'elle s'éloigna, elle dut reprendre son souffle. Puis elle essuya le rouge à lèvres sur la bouche de son petit ami.

— Pardon, dit-elle en lui montrant son pouce.

Il haussa les épaules et embrassa tout de même son doigt.

— Je trouve que ça fait ressortir mes lèvres, non ?

Elle rejeta la tête en arrière et rit, consciente que ses mains étaient toujours sur ses fesses.

— Ça accentue ton teint, c'est sûr. Mais vraiment, désolée pour tes lèvres, je ne portais pas le même que d'habitude parce que j'avais envie d'essayer différentes choses, mais j'imagine que je n'ai pas l'habitude de m'inquiéter à l'idée d'en mettre sur tout le corps d'une autre personne.

Il se lécha les lèvres, la regardant dans les yeux.

— Oh, vraiment... et sur quelle partie de mon corps envisages-tu de poser ta bouche ?

Elle baissa la tête pour prendre son lobe d'oreille entre ses dents. Quand il frissonna contre elle, elle le mordit légèrement.

— Où veux-tu que je la pose ?

Sa poigne sur elle se resserra et elle laissa échapper un soupir heureux.

— Partout où tu en as envie, Hails. Partout où tu en as envie.

Il la serra à nouveau, mais ne se rapprocha pas.

— Mais avant qu'on se déshabille et qu'on se montre exactement où on veut mettre notre bouche, je veux qu'on travaille sur ton tatouage. J'ai fait quelques croquis, mais je ne peux pas faire bien plus sans ton avis et sans tracer le contour de ton corps.

Elle déglutit, mais acquiesça. Son corps se rafraîchit curieusement, non pas qu'il pouvait devenir parfaitement froid en présence de Sloane. Ils étaient dans le bureau qu'il avait chez lui, parce qu'il voulait faire le contour en privé. Lorsqu'il ferait le tatouage en lui-même, il fermerait une partie de la boutique pour qu'ils ne soient que tous les deux et que personne ne la voie si elle n'en avait pas envie. Bien que ce soit la procédure standard pour les tatouages intimes, elle appréciait le fait qu'il prenne soin d'elle.

Elle n'était pas allée chez lui si souvent, donc c'était agréable de voir où il vivait, d'être au milieu de ses affaires. Ce n'était pas une grande maison, et franchement, c'était un peu épuré, mais il y avait son odeur. Et à part le chantier dans la salle de bain où on recollait apparemment le carrelage, tout semblait en ordre.

Et si elle pensait aux réparations de la salle de bain, elle n'aurait pas à songer qu'ils faisaient le contour de sa poitrine pour qu'elle puisse avoir le tatouage qu'elle désirait depuis des années.

Sloane bougea ses mains pour prendre son visage en coupe.

— Hails.

Elle cligna des yeux.

— Nous ne sommes pas obligés de faire ça maintenant. Nous ne sommes pas obligés de le faire un jour. Le tatouage, c'est pour *toi*. Oui, je vais peut-être le voir quand tu seras nue, mais tout ce qu'on fait à partir de maintenant, ça ne tient qu'à toi.

La façon dont il prononça cette phrase troubla Hailey. *Peut-être* ? Voulait-il dire que peut-être, il ne la verrait pas nue une fois que le tatouage serait fini ?

Elle s'obligea à ne pas penser à ça, se concentrant sur lui.

— J'en ai envie. C'est juste un pas énorme. Tu comprends ?

Il effleura sa joue du pouce.

— Je sais. Et nous ne sommes pas obligés de faire quoi que ce soit aujourd'hui. On peut juste s'embrasser.

Elle fit un clin d'œil, une partie de la tension disparaissant dans ses épaules.

— On peut s'embrasser après ?

— Marché conclu.

Il l'embrassa doucement, puis la retourna pour qu'elle soit assise sur ses genoux. Elle pouvait sentir son érection sous elle, mais aucun d'eux ne dit quoi que ce soit. Pas encore.

— Alors, tu as déjà fait des croquis ? demanda-t-elle.

Elle ne tendit pas la main pour tracer le contour

du carnet recouvert de cuir, mais elle en avait envie. C'était le *sien*, donc elle se retiendrait.

Il prit une poignée de ses cheveux et elle fondit sur ses genoux. Lorsqu'il les mit sur le côté et l'embrassa derrière l'oreille, elle fondit encore davantage, ce qui les fit tous les deux gémir.

— Hails, chérie, ne gigote pas, sinon je vais te prendre ici et maintenant, et on ne fera jamais ton tatouage.

— C'est toi qui empoignes mes cheveux et qui m'embrasses la nuque.

Il tira davantage et elle gémit.

Il ne bougea pas, mais elle se mordit la lèvre.

— Alors.

Elle s'éclaircit la gorge.

— Croquis.

Il laissa retomber ses cheveux et l'embrassa sur sa tempe.

— Je ne savais pas ce que tu voulais, puisque nous ne sommes pas allés si loin. J'ignore si tu veux des fleurs, des symboles ou autres choses. Mais je me suis couché tard et j'ai eu une idée. Tu n'es pas obligé d'utiliser ça. En fait, je te suggère même de ne pas le faire. Et même si je connais assez bien ton corps maintenant que mes mains et ma bouche en ont parcouru chaque centimètre, je n'ai pas tous les détails dont j'ai besoin pour un tatouage. Alors les choses allaient devoir changer de toute façon, en fonction des angles et tout ça. Mais si tu aimes la base, alors bien sûr, on peut le faire. C'est juste que je ne pouvais pas me le sortir de la tête. Tu vois ?

— Je sais.

Elle s'appuya contre lui. Le fait qu'il ait pensé à quelque chose pour elle, comme s'il ne pouvait s'empêcher d'en faire le croquis, réchauffa sa poitrine d'une façon qu'elle ne voulait pas analyser pour le moment.

— Montre-moi.

Sloane tendit la main autour d'elle et ouvrit le carnet avec des mains stables, mais elle put sentir la tension dans son corps. C'était important pour lui. Pas seulement le dessin qu'il finirait par mettre sur sa peau, mais ce qu'il allait lui montrer. C'était important pour elle, également.

Elle prit une grande inspiration devant le premier croquis.

— Sloane.

Il ne dit rien, mais elle laissa sa main tremblante tracer le contour du papier.

— Comment... comment le savais-tu ?

— Qu'est-ce que tu veux dire ?

— C'est... c'est presque exactement ce que j'avais en tête. Comment... comment le savais-tu ?

Il déglutit difficilement, elle pouvait le sentir.

— J'imagine que je te connais mieux que je le pensais.

Elle laissa les larmes couler et étudia le dessin. Elle aimait cet homme, aimait tout chez lui. Il la *connaissait*. Elle ne savait peut-être pas tout de lui, mais elle allait le découvrir.

Elle le devait.

Sa main trembla une fois de plus alors qu'elle posait un doigt au bord du papier et pinçait ses lèvres. Il avait capturé presque exactement ce qu'elle voulait, du moins en grande partie, sans même qu'elle le demande. De longues branches s'étiraient depuis la droite et traversaient sa poitrine. Le tronc de l'arbre sans feuille descendrait sur le flanc, les racines s'enveloppant autour de ses hanches. L'écorce ne serait pas marron, mais il s'agirait d'un mélange de symboles gaéliques noirs avec des ombres entre eux. Elle lui demanderait peut-être d'ajouter des touches de rouge et de rose dans les endroits vides pour que cela soit plus joli. Elle n'en était pas sûre. Quant aux branches, elles s'emmêleraient sur sa poitrine, un unique ruban rose s'enveloppant autour d'elles, pendant à l'extrémité. Les pétales de fleurs de cerisier tombaient de l'arbre et ajoutaient un éclat de couleur à toute la scène. À la base du tronc, un rosier laissait échapper des roses rouges autour de son ventre, par-dessus sa cicatrice.

— C'est...

— Ta force et ta beauté réunies. Si tu n'aimes pas le ruban, tu peux l'enlever. Ou bien on peut mettre une pieuvre, une part de gâteau ou autre chose sur ton flanc.

Elle ricana.

— Vraiment ? Une pieuvre ? Une part de gâteau ?

— Tu es pâtissière. Et les gens aiment dessiner des pieuvres sur leur corps en ce moment. Je ne sais pas du tout pourquoi. Probablement à cause de toutes les pattes.

Elle gigota pour s'asseoir en travers de ses cuisses.

— C'est... parfait. Enfin, on pourrait ajouter des choses, mais c'est ce que je voulais. Je voulais un arbre, des symboles, du rose et du rouge. Tu as tout compris, Sloane. Tu me comprends.

Il l'attira près de lui et embrassa sa mâchoire.

— J'aime penser que je te comprends, Hails. Je vais devoir faire un croquis de ton corps pour m'assurer que c'est faisable, mais tu as pile les bonnes courbes pour que ça ne ressemble pas à un gros bout d'écorce sur ton flanc, tu vois ?

Elle sourit.

— Je te fais confiance, Sloane.

Il croisa son regard et quelque chose passa devant ses yeux. Il ne put distinguer ce que c'était.

— Tu m'honores, Hailey. Tu m'honores vraiment.

— Je ne crois pas que je pourrais faire confiance à quiconque pour le faire.

Elle n'avait pas voulu dire ça, même si elle avait formulé quelque chose de similaire par le passé. Elle se sentait tellement à vif à ce moment-là, si ouverte. Elle lui faisait confiance avec son tatouage, mais pour une raison quelconque, elle avait peur de lui confier entièrement son cœur.

Mais il était bien trop tard pour craindre cela.

Elle le lui avait déjà donné.

Elle devait prier pour qu'il ne le brise pas.

— Je suis assez égoïste pour ne pas vouloir que quelqu'un d'autre le fasse, dit-il.

Sa voix était basse et rauque. Il s'éclaircit alors la gorge, brisant le moment. Elle ne lui en voulait pas. C'était si sérieux, et pourtant, si elle ne se rappelait pas qu'elle devait respirer, elle oubliait de le faire.

— Faisons ce tracé, dit-il après un moment de silence presque gênant.

Il l'aida à descendre de son torse, puis prépara le papier quand elle enleva son tee-shirt et son soutien-gorge. Elle se sentait nue, exposée. Elle avait été bien plus déshabillée que ça avec lui, mais pour une quelconque raison, la façon dont il traça son corps à plusieurs reprises lui rappela l'hôpital. Peut-être que c'était sa façon clinique de travailler avec elle. Bien qu'elle apprécie, elle voulait retrouver *son* Sloane.

Il marqua une pause et fronça les sourcils.

— Je suis en train de tout gâcher.

Elle secoua la tête, ses yeux dépourvus de larmes. Elle reprenait le contrôle pour qu'il n'y ait pas de larmes. Pas d'émotion. Juste une douleur pire qui ne disparaîtrait jamais.

— C'est faux.

Il soupira et posa le papier ainsi que le crayon sur la table avant de la prendre dans ses bras. La poitrine nue de la jeune femme était appuyée contre lui et elle fondit dans ses bras.

— Je voulais rester professionnel et ne pas t'effrayer, pourtant je n'ai pas pensé à la raison pour laquelle tu voulais que je fasse ce tatouage.

— Je voulais que tu le fasses parce que je te fais confiance.

— Oui, pour savoir ce que tu veux, pour accomplir ce que tu souhaites, mais je n'ai pas fait ce dont tu avais *besoin*. Tu avais besoin que je sois un mélange d'artiste et de petit ami. Et j'ai tout gâché.

Elle haussa les épaules.

— Je ne savais pas que c'était ce dont j'avais besoin.

— Eh bien, je ne gâcherais pas tout à nouveau.

Il marmonna autre chose dans sa barbe, mais elle ne le comprit pas.

— Finissons-en. Et je veux que tu sois entre mes jambes quand je le fais. Si tu as peur, touche-moi.

Il se lécha les lèvres.

— Ou tu peux juste me toucher dans tous les cas.

Il se pencha en arrière et enleva son tee-shirt. La vue de sa peau bronzée, de ces tatouages et de ses cicatrices était presque trop pour elle.

Elle posa les mains sur son torse.

— Ça va faire mal, vu l'angle ?

Il secoua la tête.

— Non. Si tu dois bouger d'une certaine façon, je te le demanderai.

Il l'embrassa doucement puis se mit au travail, cette fois-ci avec un toucher qui était loin d'être clinique. Cela aidait son corps à se détendre, et son esprit se concentra sur lui plutôt que sur le scénario étrange consistant à être tracé pour un tatouage qui demanderait plusieurs séances et serait sacrément douloureux. Mais elle avait survécu à la plus grande peine de sa vie, donc elle pouvait y arriver.

Lorsqu'il termina, il posa à nouveau ses mains sur ses fesses et l'approcha de lui. Ses lèvres effleurèrent les siennes et elle soupira contre lui, appréciant son goût. C'était un mélange du café qu'ils avaient partagé plus tôt et la saveur unique qui était celle de Sloane.

Le baiser commença doucement, lentement. Il était si parfait pour ce qu'elle avait. Puis elle émit un bruit au fond de sa gorge qui semblait toujours repousser Sloane au bord de sa jouissance, et il grogna en retour.

Parfait.

Ses mains sur ses fesses se resserrèrent et il approfondit le baiser, sa langue prit le contrôle de la sienne. Il imposa le rythme et elle s'en moquait puisque cela finirait par une pénétration et ses ongles glissant le long du dos de l'homme.

Lorsqu'il la repoussa doucement et se leva devant elle, Hailey laissa ses mains parcourir son torse et les coinça dans la boucle de sa ceinture.

— Je veux ma bouche sur toi, Hails. Tu penses que tu peux rester debout pendant que je fais ça ?

Elle secoua la tête.

— Non. La dernière fois que tu as mis une de mes jambes sur ton épaule en me dévorant, mes genoux ont cédé. Tu te souviens ?

Ses jambes recommencèrent à faiblir rien qu'en y pensant.

Sloane passa une main sur sa barbe.

— Tu as raison. D'accord. J'ai une idée.

Il la prit rapidement dans ses bras, lui arrachant un petit couinement, et alla dans la cuisine où il la posa sur le plan de travail. La pièce n'était pas grande, mais l'îlot central était de bonnes dimensions. Presque.

Et maintenant, ses fesses étaient dessus.

Sympa.

— Ce n'est pas là que tu cuisines ? demanda-t-elle.

Elle inclina la tête sur le côté pour qu'il puisse lui mordiller le cou.

— Je n'ai jamais mis de nourriture là-dessus. Je ne cuisine pas souvent. Maintenant, arrête de réfléchir et laisse-moi t'aimer.

Elle ferma les yeux après ses mots, mais le laissa l'embrasser avant qu'il lui enlève son pantalon. Hailey mit les mains derrière elle alors qu'il s'agenouillait devant elle, posant ses jambes sur ses épaules. Dès le premier coup de langue sur son sexe, elle laissa sa tête retomber en arrière, chuchotant son nom.

Il la dévorait. Il n'y avait pas d'autre mot. La sensation de sa barbe éraflant l'intérieur de ses cuisses la faisait encore plus mouiller, quelque chose qu'elle n'aurait pas cru possible avant de connaître Sloane. Il fredonna au-dessus de son clitoris et ses jambes tremblèrent lorsqu'elle jouit, criant son nom.

— Sloane. J'ai besoin de te sentir en moi.

Elle leva les yeux et il avait déjà retiré son pantalon, mettant le préservatif sur sa verge. Sans un mot, il s'agrippa à ses hanches et l'attira vers le bord de l'îlot central. Elle se redressa pour mettre les mains sur ses épaules quand il plongea en elle. Il était si épais qu'il l'étirait, mais c'était une bonne sensation qui la menait vers les orgasmes, lui faisant voir les arcs-en-ciel et les licornes.

Lorsqu'il commença à bouger, elle laissa sa tête retomber en arrière une fois de plus. Elle ne put respirer, puisque son cœur accélérait et que son corps était chaud, la picotait et était en feu. Il mit une main sur son dos et elle leva les yeux vers lui.

— J'ai besoin d'un meilleur angle, grogna-t-il. Je ne peux pas te sentir entièrement. Il faut que tu puisses bouger avec moi.

Sur ces mots, il se retira et la porta dans le salon, la pénétrant avec ses doigts et la stabilisant de l'autre. Elle s'agrippa fermement à lui, aimant cet aspect de sa personnalité. Quand il s'assit sur le canapé et la plaça sur lui, elle glissa à nouveau sur son sexe et ils se figèrent tous les deux. Sous cet angle, il était profond. *Si profond.* Elle avait besoin de respirer un moment pour le prendre profondément.

— Tu vas bien, Hails ? C'est bon pour toi ?

Sa voix était grave, ses yeux, sombres.

— Oui, haleta-t-elle en commençant à balancer les hanches. C'est mieux que bon. Prends-moi, Sloane.

— Alors, bouge, chérie. *Bouge.*

Il s'agrippa à ses hanches et la releva avant de la renfoncer sur lui. Elle enfonça ses ongles dans ses épaules et le chevaucha, leurs corps mouillés par la sueur et son sexe se serrant alors qu'elle se rapprochait de la jouissance.

— Jouis pour moi, Hails. Jouis sur ma queue.

Elle croisa son regard et eut un orgasme. La voix de Sloane était si rauque qu'elle vibrait au fond d'elle. Il écrasa sa bouche sur la sienne lorsqu'il jouit en même temps qu'elle, sa semence chaude dans le préservatif. Son corps trembla, mais continua, ne voulant pas que ce moment, que n'importe quel moment avec lui s'achève.

Alors, elle n'avait peut-être pas encore connu les meilleurs ébats de sa vie, mais elle savait que quelque chose clochait. Quelque chose n'allait pas chez Sloane.

Quelque chose qui lui indiquait que si elle ne découvrait pas ce que c'était, il ne serait pas *son* Sloane pendant très longtemps.

CHAPITRE 7

SLOANE SE TENAIT devant le bureau de *Montgomery Ink* et essayait de savoir ce qu'il allait faire ensuite. Son dos était douloureux puisqu'il était resté penché trop longtemps avec le dernier client, et en plus de ça, il n'avait pas beaucoup dormi hier soir.

Il n'avait pas laissé Hailey passer la nuit chez lui, s'assurant de l'emmener dîner avant de la déposer chez elle. Mais il savait qu'elle avait compris qu'elle ne se réveillerait pas dans ses bras. Il ne se réveillerait jamais avec le dos de cette dernière appuyé contre son torse.

Quelque chose clochait chez lui, et il en était conscient. Il devait parler avec quelqu'un, parce que ne pas le faire rendrait les choses encore pires. Pour Hailey.

Il ne pouvait pas faire grand-chose pour ce qu'il ressentait en ce moment. Dès qu'il aurait achevé le tatouage de la jeune femme, il trouverait un moyen de la laisser partir pour qu'elle ne souffre pas à cause de lui. Une fois qu'elle saurait comment il était, comment il avait fini à *Montgomery Ink*, elle comprendrait. Ce n'était pas juste de persévérer, de continuer de l'avoir dans ses bras. Il s'était déjà dit qu'il ne coucherait plus avec elle, même si son corps en était douloureux. Cela faisait de lui un salaud de continuer à la posséder, sachant qu'il ne pourrait la garder. Oui, c'était mieux pour Hailey sur le long terme de ne pas être avec un homme comme lui, mais cela n'était pas plus facile à accepter.

— Sloane ?

Callie arriva vers lui, sa main posée sur son ventre à peine visible.

— Il y a un mec dehors, qui demande à te voir.

Elle se mordit la lèvre.

— Je ne pense pas qu'il veuille entrer, mais je prenais un peu l'air et je l'ai vu.

Les sens de Sloane étaient en alerte.

— Qui était-ce ? Tu vas bien ? Tu es sûre que tu devrais sortir seule dans ton état ?

Callie secoua la tête, un sourire tirant sur ses lèvres.

— Tu parles comme Morgan. Je peux aller dehors pour prendre un peu le soleil. Je te le promets. Mais je ne connais pas son nom. Il a simplement dit qu'il voulait te parler.

Elle prit une grande inspiration.

— Il porte un uniforme, Sloane. Mais il est vieux et sale. Il a l'air shooté, mais je n'en suis pas certaine. Ça pourrait être un sans-abri qui est fatigué, mais je pense qu'il y a plus.

Sloane se figea en entendant sa description, puis jura.

— Ne sors pas, Callie. Reste à l'intérieur avec Austin et Maya, d'accord ?

Elle fronça les sourcils en le regardant.

— Qui est-ce Sloane ? Qu'est-ce qui t'inquiète autant ?

Il baissa la tête et l'embrassa sur le crâne.

— Reste juste en sécurité, Callie. Je vais aller dehors et voir ce que c'est. Mais si c'est un drogué, je ne veux pas qu'il s'approche de toi.

Il ne souhaitait pas non plus qu'il s'approche d'Hailey, mais il ne pouvait pas le dire sans attirer l'attention sur le problème. Si Callie s'inquiétait pour lui, elle ferait venir la propriétaire de *Taboo* et il ne pourrait plus cacher son passé.

Et il avait besoin de le dissimuler pour ne pas entacher la vision d'Hailey.

Il laissa une Callie confuse dans le bureau et se fraya un chemin vers l'avant de la boutique, conscient que Maya et Austin l'observaient. Il les ignora et sortit en ne portant que son tee-shirt, prenant sa veste en cuir sur le portemanteau de l'entrée au passage.

L'homme mince à l'allure fantomatique devant lui était un souffle de son passé. Il n'avait que quelques années de plus que Sloane, mais il avait l'air d'avoir au moins quinze ans de plus. On aurait dit qu'il ne s'était pas rasé depuis un an, et visiblement, il ne s'était pas coupé les cheveux non plus. Alors qu'il devait habituellement avoir le crâne rasé, ils effleuraient ses épaules et n'avaient pas été lavés depuis bien trop longtemps.

Il portait un vieil uniforme ainsi qu'une veste élimée qui n'avait pas toujours été à lui. Il se balança d'un pied sur l'autre, son attention rivée sur le ciel au-dessus d'eux.

— Jason.

La voix de Sloane était rauque, mais ferme. Il ignorait pourquoi cet homme était là aujourd'hui, mais bon sang, cela lui faisait mal de voir Jason ainsi.

S'il n'avait pas eu autant de chance et n'avait pas été aussi déterminé, il serait aux côtés de Jason à présent, à vivre dans la rue, drogué et peiné.

— Tu te demandes parfois ce que ça fait, de voler ? s'enquit Jason, les yeux toujours rivés sur les nuages.

La peur remplit le ventre de Sloane et il fit de son mieux pour garder une voix calme.

— Avant, c'était le cas, mais j'ai appris que j'aimais avoir les pieds fermement plantés sur le sol.

Jason croisa son regard et Sloane eut envie de piquer une crise. Le mec n'était pas shooté, loin de là. Au lieu de ça, son vieil ami, l'homme pour lequel il serait mort, celui pour lequel il avait failli mourir, ressentait *tout*. Il n'y avait pas assez de médicaments dans le monde pour dissimuler la douleur de ce qu'éprouvait Jason, de ce que Sloane sentait chaque jour. Callie avait eu raison de penser que cela pourrait être le manque de sommeil qui lui donnait cette allure, et maintenant, Sloane savait que c'était vrai. Jason s'était peut-être drogué par le passé, mais ça n'avait jamais été quelque chose qu'il faisait constamment.

— Si mes pieds sont sur le sol, alors je sais que les leurs ne le sont pas.

Sloane retint un juron tandis que la bile monta dans sa gorge.

— Ils n'ont peut-être plus leurs bottes sur le sol, mais nous, nous sommes là, Jason.

— Et ils ne le sont pas. Tu rêves encore d'eux ? Tu rêves encore d'être brûlé ? Parce que moi, oui. C'est pour ça que je ne dors pas, tu vois. Si je dors, ils font plus de bruit. Maintenant, ce ne sont que des soupirs qui me disent que je devrais aller de l'avant. Qui me disent que je devrais rester. Ça n'est pas logique, Sloane. Pourquoi ça n'est pas logique ?

Sloane avança et glissa sa veste en cuir sur les épaules de Jason. Elle était assez vieille pour que l'homme puisse la garder un moment avant qu'elle soit volée par quelqu'un d'autre dans la rue. Il n'osa pas lui donner quelque chose de mieux au cas où quelqu'un penserait que cela méritait de prendre la vie de Jason pour ça. Il l'avait fait auparavant et avait détesté voir les coupures sur la lèvre de son ami après le combat. Il pouvait aussi obliger Jason à sortir de la rue. Il avait déjà essayé et avait fini par regarder son camarade s'éloigner de lui encore une fois. Son ami *devait* rester où il était et Sloane ne pouvait pas l'aider davantage.

— Tu dois rester au chaud, Jason. Tu as mangé, aujourd'hui ? Laisse-moi aller te chercher à manger.

Il ne l'emmènerait pas chez *Taboo*, même si c'était l'endroit le plus proche. Il ne voulait pas impliquer Hailey dans tout ça. Ou apporter les problèmes à la jeune femme. Elle verrait l'obscurité sous sa peau et découvrirait la vérité.

— Je les entends encore crier.

Jason se plaça face à Jason.

— Pourquoi est-ce qu'on vit. ? Pourquoi est-ce que je devais être dans la voiture derrière vous, les gars ? J'aurais dû être dans la tienne, comme d'habitude. Mais je suis monté dans l'autre quand nous nous sommes enfuis de ce dernier bâtiment. Je suis monté dans le mauvais véhicule. Maintenant, ils sont morts, et je suis là. Ça n'est pas logique.

Sloane serra la mâchoire et posa la main sur l'épaule de Jason.

— Allons te chercher quelque chose à manger, Jason.

L'autre homme secoua la tête.

— Je vais bien.

Ce n'était pas vrai. Mais après tout, Sloane n'allait pas bien non plus.

— Laisse-moi te donner un peu d'argent pour plus tard, alors.

Il sortit son portefeuille et prit les billets qui lui restaient dedans. Ce n'était pas grand-chose, mais c'était déjà ça. Il les rangea dans la poche de la veste qu'il avait donnée à Jason et lui serra l'épaule.

— Fais attention à toi, Jason. S'il te plaît.

Des larmes envahirent ses yeux et il les repoussa. Il n'avait pas le droit de pleurer. Plus maintenant.

— Je fais toujours attention. C'est le problème. N'est-ce pas ?

Sur ces mots, Jason tituba en arrière, les mains dans ses nouvelles poches.

Sloane resta là quelques minutes, regardant son camarade s'en aller et sachant qu'il n'en avait pas fait assez. Il n'en faisait jamais assez.

— Sloane ?

Il ferma les yeux et prit une profonde inspiration, se brisant encore une fois de l'intérieur. La voix d'Hailey le démolit en un millier de morceaux et pourtant, il savait qu'il ne pouvait le lui montrer. Il ne le ferait pas. Elle l'avait vu. Qu'avait-elle entendu ? Que ferait-elle ?

— Rentre, Hailey.

Il l'entendit avancer vers lui, mais garda son attention focalisée sur la direction dans laquelle Jason avait disparu.

— Non. Je ne rentrerai pas. Tu as froid, ici.

— Alors tu as froid aussi. Donc, rentre.

— Sloane.

Tant de profondeur, tant d'émotion dans cet unique mot.

Il n'était pas assez bien pour elle. Il était trop sale. Trop malsain. Il avait laissé les autres mourir. Ça n'avait pas été suffisant. Leur mort glissait sur sa peau comme si c'était sa faute. Il n'était pas ce dont elle avait besoin. Malgré le fait qu'il l'aime. Il était trop brusque, trop à vif. Trop rempli de culpabilité et de péchés.

Elle ne le quitterait pas, à moins qu'il la pousse à le faire. Et s'il ne la poussait pas, il la briserait encore plus. Il devrait l'anéantir à ce moment-là.

— C'est fini, Hailey. Je ne peux plus faire ça. Nous nous sommes amusés pendant un moment, mais je n'y arriverai pas. Nous sommes simplement trop différents.

— Regarde-moi quand tu le dis. Regarde-moi quand tu essaies de rompre avec moi sans rien m'expliquer du tout.

Il se retourna pour être face à elle. Ils étaient au milieu du trottoir, mais il faisait trop froid et il n'y avait pas grand monde dehors. Les autres, qui étaient dans la boutique, étaient devant les fenêtres, les fixant, mais il devait passer à autre chose. Il devait la protéger de lui.

—Nous avons vécu ce que nous avons vécu, mais

je ne suis pas fait pour le long terme. Tu mérites beaucoup mieux que moi. Alors c'est fini.

Elle repoussa son torse et grogna.

— Arrête. Arrête d'agir comme ça. Ce n'est pas qui tu es.

— Je suis exactement comme ça, Hailey.

Il s'agrippa à ses poignets et la rejeta.

— Je ne suis rien. Tu ne comprends pas ? Tu ne me connais pas du tout et c'est ma faute, mais merde, tout est ma faute. Alors, fuis-moi, maintenant.

— C'est toi qui me fuis. Pas l'inverse.

— Alors, laisse-moi fuir.

Sur ces mots, il tourna les talons et se dirigea vers l'allée qui le mènerait au parking. Il avait son porte-feuille et ses clés. Il n'avait pas besoin d'autre chose dans la boutique. Il venait juste de briser la seule femme à qui il s'était promis de ne jamais faire de mal, mais il n'avait pas eu le choix. S'il était resté, elle aurait été marquée.

Il avait déjà laissé tomber d'autres de ses proches avant, il les avait laissés brûler, crier, mourir.

Il ne pouvait pas faire la même chose avec elle.

Hailey le regarda s'en aller et se demanda ce qu'il s'était produit. Comment pouvait-il faire ça ? Comment pouvait-il la planter au milieu du trottoir comme s'il ne s'était rien passé ?

Oh, elle avait su qu'il ferait quelque chose de ce genre bientôt, elle l'avait senti, mais elle n'avait pas su que cela lui ferait aussi mal. Ça ne devrait pas faire si mal. N'est-ce pas ? Elle frotta son sternum et essaya d'empêcher ses larmes de couler. Elle ne pleurerait pas. Si elle le faisait, alors ce serait définitif, il serait vraiment parti et elle n'aurait rien fait pour prévenir cela.

Pendant un moment, quelques minutes d'agonie, elle pensa qu'il l'avait véritablement quitté pour ce qu'elle était. Peut-être que c'était ses cicatrices, peut-être que c'était à cause de ce qu'il avait vu quand il avait fait le contour de son corps. Mais mentalement, elle se donna un coup sur la tête et repoussa cette idée.

Sloane ne lui avait pas menti quant à ce qu'il ressentait pour son corps. Il ne pouvait pas faire semblant. Et bon sang, elle avait passé des années à apprendre à s'aimer pour qui elle était et ce qu'elle avait surmonté. Elle serait maudite si elle se laissait abattre de cette façon.

Il était parti à cause de quelque chose qui se tapissait en lui, quelque chose qu'il n'avait pas pu fuir, qu'il n'avait pas été capable de plonger suffisamment profondément. Elle savait qu'il gardait des secrets depuis bien trop longtemps, il avait dissimulé qui il était, mais elle avait pensé qu'il aurait plus de temps pour régler ça.

Ce Jason avait été un catalyseur pour que Sloane coupe tout lien. Elle ne savait pas exactement ce qu'il s'était passé, mais elle le découvrirait... si elle le pouvait.

Selon elle, Sloane se voyait comme quelqu'un qui n'était pas fait pour elle. Il l'avait mise sur un foutu piédestal et s'était jeté dans les profondeurs de l'enfer.

Elle voyait un homme qui valait la peine, qui s'était battu et s'en était sorti. Il mettait tout ce qu'il pouvait dans sa vie et ce qu'il était, même s'il avait essayé de garder son passé dans le passé. Pourtant, l'homme ne croyait pas en lui.

— Tu dois rentrer, dit Maya derrière elle. Il fait super froid ici, et le regarder s'en aller ne va pas aider.

Hailey tourna les talons et enroula ses bras autour d'elle.

— Il est parti, souffla-t-elle d'une voix légèrement brisée. Comment a-t-il pu simplement partir ?

Maya ouvrit ses bras et Hailey avança vers cette femme, pas suffisamment toutefois pour qu'elles s'enlacent.

— Si tu me fais un câlin maintenant, je vais pleurer. Sois la plus grande pétasse possible et enrage avec moi.

Maya grimaça et tira sur le bras d'Hailey avant de la tirer vers la boutique.

— Je serai une pétasse dans une minute. Laisse-moi m'assurer que tu n'as pas d'engelures.

Callie avait une tasse dans la main et fronçait les sourcils.

— Je t'ai préparé un chocolat chaud, mais ce n'est pas aussi bon que quand tu le fais. Et je n'arrive jamais à couper les copeaux de chocolat.

Hailey sourit malgré elle et prit la tasse des mains de Callie.

— Je suis sûr qu'il est délicieux. Merci, Callie.

Elle but une gorgée et souffla.

— C'est sucré, marmonna-t-elle.

Sa bouche se tordit.

— Combien de personnes l'ont vu s'éloigner de moi ?

Austin appuya sur ses épaules et l'obligea à s'asseoir sur la chaise la plus proche. Il s'agenouilla devant elle avec un regard entendu.

— Pas tant que ça.

Sa voix était profonde et lui rappelait celle de Sloane.

Elle ne pleurerait pas.

Pas maintenant.

Peut-être jamais.

Si elle pleurait, alors elle se briserait. Elle montrerait qu'elle avait abandonné. Et elle ne pouvait pas faire ça. Pas encore.

— Mais ça suffit, chuchota-t-elle.

Autumn se glissa entre Austin et la réception, les yeux mouillés.

— Il n'y a pas grand-monde dehors, puisqu'il fait si froid, et personne à Taboo n'aurait pu vous voir à cet angle. Alors il n'y avait que nous, dans le magasin. Les deux clients étaient sur leur chaise, donc ils n'ont rien pu voir non plus. Ils sont à *Taboo*, là, pour une pause bien méritée.

— Il n'y avait que nous, Hailey, dit doucement Callie. Et nous sommes ici pour toi.

Hailey but une gorgée de chocolat chaud que Callie avait dû préparer dans sa boutique. Normalement, elle ne laissait pas les membres de *Montgo-*

mery Ink travailler derrière son comptoir, mais elle n'avait pas l'énergie de s'en préoccuper pour l'instant.

— C'est un crétin, Hailey, dit Maya. C'est un crétin de t'avoir laissé comme ça, mais c'est *notre* crétin. Penses-y, d'accord ? Il t'a repoussé pour une bonne raison.

Hailey but une autre gorgée.

— Je sais qu'il est parti pour une bonne raison. Je sais qu'il m'a rejetée pour la même raison. Il a gardé ça secret pendant si longtemps, c'est difficile de traverser tout ça. Je sais que je ne devrais pas croire qu'il peut suivre le même rythme que moi dans la révélation des secrets, mais quand il fait ça ? Je me dis que peut-être, j'aurais dû insister.

Austin souffla, puis serra son genou.

— Peut-être que tu aurais dû. Peut-être que *nous* aurions dû. Merde. Je connais Sloane depuis plus longtemps que toi et je ne connais toujours pas son passé. J'ignore les raisons pour lesquelles il prend parfois une ou deux semaines de congés et pourquoi il a besoin d'être seul. J'ai essayé de lui poser la question une fois, et il m'a repoussé. Je l'ai *laissé* me repousser. Les amis ne font pas ce genre de choses. Alors tu n'es pas seule dans cette histoire, Hailey.

Mais elle se sentait seule, elle ne pouvait s'en

empêcher. Il n'avait pas rejeté les autres comme il l'avait fait avec elle. Elle l'*aimait* et pourtant, elle n'avait pas été capable de chasser l'obscurité. Si c'était à elle de le faire, déjà, mais c'était une tout autre histoire. En fait, elle n'avait pas besoin de tout découvrir, mais pour y arriver, elle devait en savoir une partie. Voilà la différence. Résolue, elle prit une profonde inspiration.

— Je ne vais pas le laisser partir si facilement, déclara-t-elle simplement. Je ne suis pas ce genre de personnes. Même si nous n'étions pas sortis ensemble, nous étions amis. Je... Je ne peux pas le voir malheureux sans rien faire.

— Nous sommes là si tu as besoin de nous, répondit doucement Autumn.

— Et si tu veux qu'on le plaque au sol pour toi, on peut le faire aussi, ajouta Maya en faisant sourire Hailey.

— Je vais peut-être te prendre au mot.

— Mais assure-toi de le mettre à genoux, dit Maya avec un sourire triste. Enfin, une fois que vous aurez parlé et que vous serez sur le droit chemin, fais-le ramper. Parce qu'il t'a fait du mal. Il l'a peut-être fait pour une bonne raison, mais tu es blessée et ce n'est pas bien.

Hailey se pinça les lèvres et acquiesça, les larmes menaçant encore une fois de couler.

— Tu peux compter là-dessus, chuchota-t-elle.

Sloane était *à elle*, et elle serait maudite si quelqu'un lui enlevait ça.

Même lui.

CHAPITRE 8

SLOANE VOULAIT un putain de verre, mais il était hors de question qu'il utilise ça pour s'adapter à la situation. Il avait fait de son mieux pour ne pas plonger dans l'alcool en revenant du désert et il était impossible qu'il commence maintenant. Mais c'était tentant. Sacrément tentant.

Il avait su que cela ferait un mal de chien quand il laisserait enfin Hailey s'en aller, mais il n'avait pas imaginé que ce serait aussi horrible. Cela ne faisait qu'un jour et pourtant ces minutes agonisantes étaient passées beaucoup trop lentement.

Il était un tel idiot, mais il ne pouvait rien faire pour le moment. Il priait juste qu'elle finisse par aller bien, et bon sang, il espérait ne pas avoir perdu son boulot à *Montgomery Ink* parce qu'il était parti de cette façon.

Voir Jason dans cet état l'avait déchiré. Il avait saigné avec cet homme et il était presque mort avec lui. Pourtant, qu'est-ce qui donnait à Sloane le droit d'être plus heureux que lui ? Ses choix l'avaient amené là où il en était, mais cela signifiait-il qu'il méritait le résultat de ces décisions ?

Hailey était trop bien pour lui. Elle avait survécu et prospéré. Elle s'en était sortie dans sa vie et ce n'était pas la même chose. Si elle était avec lui, elle saurait la vérité.

Elle découvrirait qu'il était taché du sang de ses camarades tombés. Qu'il avait tué pour les protéger, mais qu'il n'avait pas fait un assez bon travail. Il avait tué pour se protéger, lui et ses hommes aussi. Comment pouvait-il vivre avec ça ? Il n'avait pas été assez doué pour les autres et curieusement, il avait vécu.

Il n'allait pas y mettre fin, il n'était pas ce genre d'homme, mais il ne pouvait pas non plus attirer délibérément quelqu'un d'autre avec lui.

Hailey méritait mieux que ça. Elle méritait mieux que lui.

On frappa à la porte, ce qui le surprit, mais cela n'aurait pas dû être le cas. C'était probablement

Austin qui venait lui botter le cul, non seulement parce qu'il avait quitté Hailey, mais aussi le magasin. Le grand vétéran pouvait sans doute y survivre et cela indiquait quelque chose.

Sans prendre la peine de jeter un coup d'œil dans le judas, il ouvrit la porte et se figea.

— Hailey, dit-il d'une voix qui était un grognement brisé.

Elle avait les mains croisées sur sa poitrine et lui lançait un regard noir. Elle était vraiment canon et paraissait encore plus furieuse.

— Si tu me claques la porte au nez, je vais continuer de frapper donc tu ferais mieux de me laisser rentrer.

Pris par surprise et légèrement excité, il se décala pour qu'elle puisse passer à côté de lui. Et elle le fit d'un pas pressé. Elle émit un petit grondement et tourna les talons.

— Alors ? Ferme la porte, Sloane. On doit parler.

Il avait fait son discours devant *Montgomery Ink*. S'il le recommençait, il n'était pas sûr de ce qu'il allait dire.

— J'ai déjà dit tout ce que je voulais.

— Eh bien, va te faire foutre, Sloane Gordon. Tu dois *me* laisser parler, alors. Et quand j'en aurais fini, tu ferais mieux d'être prêt à parler sinon je te botte le cul.

Il écarquilla les yeux, mais ne dit rien. Il ne l'avait jamais vue ainsi, bon sang il aimait ça. Il avait aimé sa passion auparavant, mais c'était encore plus que ça.

Il ferma enfin la porte et elle leva le menton. Avant qu'il puisse faire un pas vers elle, ou loin d'elle peut-être puisque son esprit ne semblait pas décidé, elle se débarrassa de son haut pour qu'il puisse voir ses cicatrices. Il se figea, incapable de parler, de réfléchir. Son visage trahissait sa fureur, mais sa posture montrait sa force.

— Tu vois ça ? C'est tout moi. Je n'irai nulle part. Tu penses que je suis moins qu'une femme à cause de ce qui m'est arrivé ? Tu penses que je ne suis plus une vraie personne ? Moi je ne pense clairement pas que tu n'es plus un homme à cause de ton stress post-traumatique, et de tes cicatrices, ou du fait que tu aies traversé l'enfer. Tu dois me parler. Compris ? Tu dois me dire ce qu'il se passe dans ta tête et que tu saches que je serai là pour toi. J'étais ton amie avant et je n'irai nulle part.

Sloane ouvrit la bouche pour parler, mais il ne put formuler ses mots.

— Je ne sais pas ce qu'il s'est passé là-bas puisque

tu ne veux pas me le raconter. Si tu ne souhaites pas entrer dans les détails, ça me convient. Pour l'instant. Parce que tu dois en parler, Sloane. Te cacher n'aide clairement pas. Je t'aime, Sloane, et tu souffres. Je déteste le voir et pourtant, je ne peux rien faire si tu continues comme ça. Alors oui, je suis là, à moitié nue pour que tu puisses observer chaque centimètre de ma douleur, de mon passé. Je ne me cache plus. S'il te plaît, ne me fuis pas.

La honte le submergea et Sloane fit un pas en avant. Il ne la toucha pas, il ne le pouvait pas s'il voulait réfléchir, mais il laissa échapper un soupir tremblant.

Il avait bien remarqué qu'elle lui avait dit qu'elle l'aimait. Mais pouvait-elle l'aimer sans savoir la vérité ? Il passa à côté du canapé et entendit le bruit caractéristique d'un sanglot. Merde. Il gâchait tout.

Lorsqu'il enleva la couverture du canapé et l'enroula autour des épaules, elle fronça les sourcils en le regardant.

— Je ne veux pas que tu aies froid.

— Je ne ressens pas grand-chose, Sloane.

Il ferma les yeux et prit une profonde inspiration. Elle était ici. Ici. Et elle attendait. S'il ne s'ouvrait pas, elle partirait pour de bon, et il avait toujours su qu'il lui ferait du mal, qu'il la marquerait.

Pourtant une fois qu'il lui dirait tout, elle partirait peut-être quoiqu'il arrive.

Mais comment pouvait-il lui faire moins mal que ça ?

— J'ai tué, Hailey.

Il s'éclaircit la gorge.

— J'ai tué et j'ai blessé. J'ai vu la vie quitter le regard des hommes parce qu'on m'en avait donné l'ordre. Si je ne l'avais pas fait, ils auraient tué mes gars ou moi-même. Je n'en avais pas envie, mais je l'ai fait quand même.

Elle se pinça les lèvres.

— J'avais deviné que tu l'avais fait, Sloane. Ça ne change pas ce que je pense de toi.

— Ça devrait, bon sang.

Il fit les cent pas, passant une main sur son crâne. Ses cheveux commençaient à peine à effleurer sa paume et il savait qu'il devrait se raser à nouveau. Néanmoins, ça n'avait pas d'importance. L'unique chose qui comptait, c'était de s'assurer qu'Hailey saisisse ce qu'il disait, qu'il comprenait *pourquoi* il l'avait laissé dans la rue ainsi.

— Je suis sali, Hailey. J'ai du sang sur les mains dont je ne me débarrasserai jamais. Peu importe combien de fois je le raconte aux psys depuis que je suis rentré, ils ne comprennent pas. Les seuls qui comprennent sont ceux qui étaient avec moi.

Il arrêta de faire les cent pas et croisa son regard.

— Mais de tous les hommes qui étaient là-bas avec moi, le seul qui est revenu, c'est Jason. Et tu l'as vu. Il est ce que je devrais être.

— Ne dis pas ça. Tu sais que tu n'es pas censé être cette ombre.

Il secoua la tête et cria.

— Oh que si, je le devrais. J'ai perdu *tout le monde*, mais Jason est ici, et merde, lui aussi je l'ai perdu là-bas. Il n'est pas rentré en un seul morceau, ce n'est le cas de personne, mais pour une quelconque raison, je suis revenu avec plus que ce que je n'aurais dû. Comment le pouvais-je ? La bombe sur le bord de la route a décimé mon unité. Elle les a brûlés entièrement et j'étais obligé d'écouter ça, de le regarder. J'ai failli me vider de mon sang et cramer avec eux, mais je ne l'ai pas fait. À la place, je dois avancer dans ce monde chaque jour, sachant que je ne suis pas assez bien. Peu importe ce que je fais, je ne vaudrais jamais la peine. Je n'ai jamais mérité ma vie. Jason n'est pas mort non plus ce jour-là, pourtant il a abandonné plus de choses sur le terrain que moi.

— Sloane.

Les larmes coulèrent sur ses joues, mais il ne les

essuya pas comme il l'aurait fait normalement. S'il le faisait, il allait s'effondrer et il était déjà brisé ainsi.

— Oui, j'ai un stress post-traumatique. Ça ne disparaît pas avec l'amour d'une femme, avec la capacité de *comprendre* que j'ai ce syndrome. Ça ne partira jamais, Hailey. J'ai peut-être l'air normal, la plupart du temps, mais parfois, je flippe carrément. Je fais des cauchemars. Quelquefois, ça ne va pas. C'est assez bien pour toi ? Comment peux-tu supporter d'être avec moi quand tu sais que je ne suis pas entier ? Je suis rentré à la maison. D'autres n'ont pas eu cette chance. Mes amis ont dû mourir pour que je me tienne ici, devant toi. Ce sont eux qui ne s'en sont pas sortis. Seulement, parce qu'ils sont morts, j'ai vécu. J'ai pu survivre, mais leur famille ne saura jamais à quel point ils sont importants pour moi.

Elle s'étouffa dans un sanglot.

— Je ne suis pas normale, Sloane. Moi non plus je ne suis pas entière, c'est certain. Tu as dit toi-même que j'étais plus que mes cicatrices et pourtant tu ne penses pas que c'est le cas pour toi ? Les cicatrices ne sont pas simplement ce qu'on voit sur sa peau, ce n'est pas seulement ce qu'on voit quand on se regarde dans le miroir. Je *sais* que je les ai en moi, dans mon cœur, dans mon âme. Je *sais* que tu en as aussi. Et ça ne me dérange pas. J'aime l'homme qui est en face de moi, avec ses balafres et le reste. Tu ne peux pas l'aimer aussi ?

— Je vais déteindre sur toi, chuchota-t-il.

— Tu ne peux pas, Sloane. Contente-toi de m'aimer. L'amour est suffisant pour qu'on se lance. On peut parler à quelqu'un si on en a besoin, mais l'amour *est* suffisant. Ça ne guérit pas toutes les blessures, ça ne fait pas disparaître le passé. Ça ne guérit pas nos cicatrices, ça n'efface pas la douleur, mais ça vaut la peine. Avec toi, je sais que je vais bien. Je sais que je suis aimée. Même si tu ne l'as pas dit.

Il souffla, puis fit un pas vers elle. Elle posa une main sur sa joue, l'autre sur la couverture avant qu'il prenne son visage en coupe. Lorsqu'elle essuya les larmes sur son visage, alors qu'il n'avait même pas su qu'elles avaient coulé, il ferma les yeux.

— Je t'aime, Hailey. Je t'aime tout entière, chaque centimètre de toi, chaque once de ton âme. Mais je ne te mérite pas.

— Tu es un idiot, mais je t'aime aussi, Sloane. Et tu n'as pas le droit de décider si je te mérite. Ce n'est pas ainsi que l'amour fonctionne. Tu n'as pas le droit de me fuir, de me laisser saigner et agoniser parce que tu as peur de me faire mal. Tu me fais *mal* dans tous les cas en essayant de me protéger et je ne vais pas te laisser recommencer. Tu m'entends ? Si tu veux me quitter, alors fais-le sans me mentir. Tu le fais en me disant que tu ne m'aimes pas et que tu ne me veux pas.

Il ouvrit les yeux et jura.

— Je t'aime, Hailey. Je viens juste de le dire. Évidemment que je te veux. Je n'arrive plus à respirer tant je te veux.

— Alors, faisons en sorte que ce soit suffisant. On peut tout faire, Sloane. Mais nous devons être ensemble pour persévérer. Tu es quelqu'un de bien, Sloane Gordon. Je t'ai vu avec Jason. Je t'ai observé essayer de l'aider et comprendre que tu ne pouvais rien faire de plus. Ne deviens pas lui, Sloane. Aide-le, mais ne laisse pas sa douleur enlever ce que tu as. Ne disparais pas dans les ombres parce que tu as l'impression que tu le devrais. Avance vers la lumière *à cause* de ce que tu as perdu. Montre-leur que leur perte valait la peine. Montre au monde que tu as réussi et que tu vis pour eux, pas en dépit de leur disparition.

Nom de Dieu, il aimait cette femme. Elle vit au fond de son cœur, et pourtant il avait presque tout perdu tant il était effrayé.

— Je t'aime, Hails. Je t'ai repoussée avant même

de t'avoir, et puis j'ai recommencé parce que j'avais peur.

— Ne le refais plus, chuchota-t-elle.

Les larmes coulèrent pour de bon sur les joues de la jeune femme. Il les essuya avec ses pouces.

— J'ai tout gâché.

— Oui, c'est vrai, répondit-elle honnêtement.

Il ricana.

— Ne recommence pas. Tu n'as pas le droit de me repousser parce que tu as peur.

Il l'embrassa alors, doucement, avec tout ce qu'il avait en lui. Elle l'embrassa en retour et il tomba encore plus amoureux d'elle.

Il recula et traça le contour de sa poitrine avec son doigt.

— Ne te cache pas non plus. Je sais que tu ne l'as pas fait, mais...

— Mais je vais peut-être le faire. Parce que c'est effrayant. Je le sais.

Elle embrassa son torse.

— Je te promets d'être ouverte.

— Je ne te quitterai plus jamais, dit-il doucement.

— Je veux y croire, chuchota-t-elle. Alors, prouve-le-moi, Sloane. Tous les jours. Prouve-le-moi.

— Reste avec moi. Nous avons tout caché par le passé, mais je suis moi, maintenant. Tu es toi. Nous sommes à nu. Tu comprends ? Tu es à moi. J'ai tout gâché, mais je repars de zéro. Je vais t'avoir de toutes les façons possibles et je ne te lâcherai plus.

Elle lui sourit doucement et ajouta.

— Nous avons gâché trop d'années parce que nous avions peur. Je ne veux pas en perdre encore davantage.

Il l'embrassa alors, plus profondément cette fois-ci.

— Je t'aime, Hails.

— Je t'aime aussi. Oh, et joyeuse Saint-Valentin.

Il fronça les sourcils et pensa au jour qu'il était avant de glousser d'une voix rauque.

— Joyeuse Saint-Valentin, chérie.

Elle laissa la couverture tomber de ses doigts et il grogna. Il ne s'était pas autorisé à la regarder entièrement avant, mais maintenant, il l'observa complètement. Lorsqu'elle se lécha les lèvres, il fut obligé de la prendre.

Il écrasa sa bouche contre la sienne alors même qu'elle tirait sur son tee-shirt. Bientôt, ils furent déshabillés, appuyant leurs corps l'un contre l'autre aussi fermement que possible, leurs mains parcourant et attrapant ce qu'ils pouvaient. Il sortit un préservatif de la poche de son pantalon jeté par terre et la laissa le glisser sur sa longueur. L'acte en lui-même le fit presque jouir, mais il tint bon. À peine. Il la poussa près de la porte d'entrée et s'agrippa à ses cuisses.

— Depuis la première fois, j'ai tellement eu envie de te prendre violemment contre cette porte, gronda-t-il.

Elle se mordit la lèvre et s'ouvrit pour lui. Quand il se glissa si délicatement, ils gémirent tous les deux.

— Est-ce qu'on dit encore qu'on s'envoie en l'air quand on s'aime ? Ou est-ce qu'on fait l'amour ?

Elle plongea ses ongles dans ses épaules et il fit de longs va-et-vient en elle.

— Je sais qu'on fait l'amour quand c'est lent.

Il accéléra.

— Quand c'est rapide...

Il donna de brusques coups de reins en elle.

— ... quand je te prends violemment, on s'envoie en l'air, on s'aime et on fait tout ce qu'il y a au milieu.

Elle se mordit la lèvre et le chevaucha alors qu'il la prenait contre la porte, leurs corps mouillés par la transpiration et leurs gémissements devenant plus bruyants. Quand ses parois se contractèrent autour de lui et ses yeux s'assombrirent, il la pénétra et jouit violemment avec elle. Il embrassa sa bouche, son corps tremblant. Elle l'embrassa en retour.

— Je t'aime Hails. Tout entière.

Il enveloppa ses bras autour d'elle, sachant qu'il devait s'asseoir et l'emmener avant que ses jambes ne cèdent.

Elle lui mordilla le menton, ses mains parcourant paresseusement son dos.

— Je t'aime aussi, Sloane. Tu es mon homme taciturne, barbu et tatoué. Que pourrais-je vouloir de plus ?

Avec elle dans ses bras, dans son cœur, il connaissait la réponse. La vie. Et elle était sa vie. Il ne la fuirait plus. Il ne le pouvait pas. Elle avait vu son cœur et n'était pas partie, ne s'était pas dérobée.

Il avait eu tort avant, mais maintenant tout allait bien.

Il avait sa vie, son avenir dans ses bras.

Il n'avait besoin de rien d'autre.

Il avait trouvé son futur dans la personne dont il s'était protégé.

Il avait trouvé sa Hailey.

HAILEY GRIMAÇA quand l'aiguille s'enfonça dans sa peau, mais elle ne lui fit pas remarquer. Les tatouages n'étaient pas pour les mauviettes, c'était certain. Oui, l'adrénaline qui découlait des longues séances sous l'aiguille était sympa, mais bon sang, c'était *douloureux*.

En fin de compte, cela vaudrait tout de même la peine.

En plus, son tatoueur était sacrément sexy et vraiment doux, tout compte fait.

Ils en étaient à l'ultime session sur son dessin et avaient leur routine, maintenant. Sloane avait mis des rideaux autour de son poste pour qu'ils ne soient que tous les deux, même si elle avait autorisé Autumn, Maya, Callie et même Austin à venir regarder. Au début, Sloane n'avait pas été ravi de la venue de ce dernier, mais il avait cédé. Ils voulaient s'assurer qu'elle avait du soutien, non seulement durant les longues séances pénibles, mais également pendant les longues vagues d'émotion qui allaient avec.

Sloane ne tatouait pas des tétons sur sa peau.

Il tatouait des souvenirs.

À chaque nouveau détail, elle voyait la force dont elle avait eu besoin, la douleur et l'agonie qu'elle avait affrontée, les larmes qu'elle avait laissé couler. Ce n'était pas facile d'autoriser les autres à voir ce qu'était devenue sa poitrine, mais ils ne l'avaient pas traitée différemment. Elle n'était pas en sucre, mais elle avait un véritable pouvoir de femme.

Et ça ne la dérangeait pas.

Ils s'étaient embarqués dans un voyage qu'elle avait cru impossible. Elle avait caché ses cicatrices, son passé, à lui et au monde, et pourtant maintenant, tout était dévoilé et elle ne s'en sentait pas moins forte.

En fait, elle sentait qu'elle avait encore *plus*.

Chaque fois qu'elle regarderait dans le miroir à présent, elle ne verrait pas une survivante, mais une femme avec un avenir, une femme avec un passé, une femme avec un homme qu'elle aimait et qui avait encré sa peau, avec beaucoup de tendresse. Elle savait qu'il mettait une part de lui sur chaque trait du dessin.

— C'est magnifique, dit doucement Maya.

D'habitude, elle ne parlait pas d'une voix si apaisée. Bien sûr, Maya traversait son propre enfer en ce moment, non pas qu'elle en discuterait avec Hailey. Maintenant que celle-ci avait trouvé son avenir, elle savait qu'elle était assez stable pour aider Maya. Quand cette femme la laisserait faire, elle serait là pour elle.

— Je fais de bons tatouages, dit simplement Sloane.

Il finit les ombres colorées sur l'intérieur du tronc.

Elle grimaça quand il repassa au même endroit pour la quatrième fois, mais elle ne lui fit pas remarquer. Elle commençait à s'habituer au tatouage. Peut-être que la prochaine fois, elle en ferait un plus petit.

— Tu fais mieux que de « bons tatouages », répliqua Maya. C'est un putain de chef-d'œuvre. Je dois dire que j'étais un peu jalouse au début qu'il soit celui que tu avais choisi, mais bon sang, je ne pense pas que j'aurais pu aussi bien réussir. Pas comme lui.

Hailey laissa échapper une seule larme.

— Il est génial.

— Je le suis, répondit Sloane en souriant.

Maya ricana.

— Il met son amour dans ton dessin, donc oui, c'est parfait. J'ai hâte de voir quand il sera cicatrisé.

Elle se pencha et déposa un baiser sur la tempe d'Hailey, les surprenant tous les deux.

— Je vais vous laisser tous les deux pendant un moment. Merci de m'avoir laissé regarder.

Hailey fronça les sourcils quand son amie partit, mais Sloane fit claquer sa langue.

— Quand Maya sera prête à parler, elle le fera.

Il essuya le flanc de sa petite amie et lui tapota la cuisse.

— J'ai fini, chérie. Je ne veux pas encore que tu te lèves. Tu vas d'abord boire un jus de fruits, mais je peux t'apporter un miroir.

Elle sourit et tendit la main.

— Embrasse-moi avant. Je veux tes lèvres sur les miennes avant de regarder.

Sloane contourna le banc pour aller vers l'avant et baisser sa tête vers celle d'Hailey. Elle garda les yeux ouverts pour voir son visage.

— Je t'aime, Sloane. Chaque centimètre de toi.

— Moi aussi, Hails. Moi aussi, chérie.

Elle regarderait son nouveau tatouage en entier, ensuite, lorsqu'elle pourrait respirer, mais d'abord, elle allait observer l'homme dont elle était tombée amoureuse, celui qui était tombé amoureux d'elle.

Hailey avait eu si peur d'aller de l'avant avec lui, si peur de faire plus que survivre, mais maintenant, avec Sloane dans sa vie et ses idées éclaircies, elle avait plus que ce qu'elle pouvait espérer.

Tous les deux, ils avaient traversé leur propre enfer, et en étaient sortis plus fort que jamais, marqués, brisés, mais *vivants*.

Ils avaient dissimulé leur passé, pourtant il s'était ouvert à l'autre pour s'assurer d'aller de l'avant ensemble. Son tatouage serait en grande partie caché, mais pas pour lui, pas pour l'homme qu'elle aimait.

Il était tatoué sur sa peau, sur son âme, dans son cœur.

Il était à elle.

Pour toujours.

Merci beaucoup d'avoir lu *À l'encre des secrets*.
Je suis honorée que vous ayez lu ce livre et que vous aimiez les Montgomery autant que moi. La série continue avec Entre les lignes et le reste des Montgomery de Denver.

NOTE DE CARRIE ANN

Je vous remercie d'avoir lu À l'encre des secrets. Si vous avez aimé cette histoire, j'espère que vous envisagerez de laisser un avis ! Les avis sont utiles pour les auteurs *et* les lecteurs.

Je suis honorée que vous ayez lu ce livre et que vous aimiez les Montgomery autant que moi !

La série se poursuit avec Entre les lignes, suite des Montgomery de Denver.

Pour vous assurer d'être informé de toutes mes nouvelles parutions, inscrivez-vous à ma newsletter sur www.CarrieAnnRyan.com ; suivez-moi sur Twitter @CarrieAnnRyan, ou sur ma page Facebook. J'ai également un Fan Club Facebook où nous discutons de sujets divers, avec annonces et autres goodies. C'est grâce à vous que je fais ce que je fais, et je vous en remercie.

N'oubliez pas de vous inscrire à ma LISTE DE DIFFUSION pour savoir quand les prochaines publications seront disponibles, participer à des concours et obtenir des *lectures gratuites*.

Bonne lecture !

Montgomery Ink

    Tome 0.5: À l'encre de ton cœur

    Tome 0.6: À l'encre du destin

    Tome 1 : À l'encre déliée

    Tome 1.5: À l'encre de ton âme

    Tome 2 : À dessein prémédité

    Tome 3 : D'encre et de chair

    Tome 4 : Attrait pour trait

    Tome 4.5: À l'encre des secrets

    Tome 5: Entre les lignes

    Tome 6: En pointillé

    Tome 6.5: À l'encre de nos rêves

    Tome 7: Nos desseins ravivés

    Tome 8: Motifs troubles

Et d'autres encore !

DE LA MÊME AUTRICE

Montgomery Ink:

Tome 0.5: À l'encre de ton cœur

Tome 0.6: À l'encre du destin

Tome 1 : À l'encre déliée

Tome 1.5: À l'encre de ton âme

Tome 2 : À dessein prémédité

Tome 3 : D'encre et de chair

Tome 4 : Attrait pour trait

Tome 4.5: À l'encre des secrets

Tome 5: Entre les lignes

Tome 6: En pointillé

Tome 6.5: À l'encre de nos rêves

Tome 7: Nos desseins ravivés

Tome 8: Motifs troubles

Les Frères Gallagher:

Tome 1: Un amour nouveau

Tome 2: Une passion nouvelle

Tome 3: Un nouvel espoir

Redwood:

1. Jasper

2. Reed

3. Adam

4. Maddox

5. North

6. Logan

7. Quinn

Griffes

1. Gideon

Pour plus d'informations, abonnez-vous à la LISTE DE DIFFUSION de Carrie Ann Ryan.

À PROPOS DE L'AUTEUR

Carrie Ann Ryan n'avait jamais pensé devenir écrivaine. C'est seulement quand elle est tombée sur un roman sentimental alors qu'elle était adolescente qu'elle s'est intéressée à cette activité. Lorsqu'un autre romancier lui a suggéré d'utiliser la petite voix dans sa tête à bon escient, la saga *Redwood* ainsi que ses autres histoires ont vu le jour. Carrie Ann a publié plus d'une vingtaine de romans et son esprit foisonne d'idées, alors elle n'a guère l'intention de renoncer à son rêve de sitôt.